AF297741

ARLEQUIN

GENTILHOMME

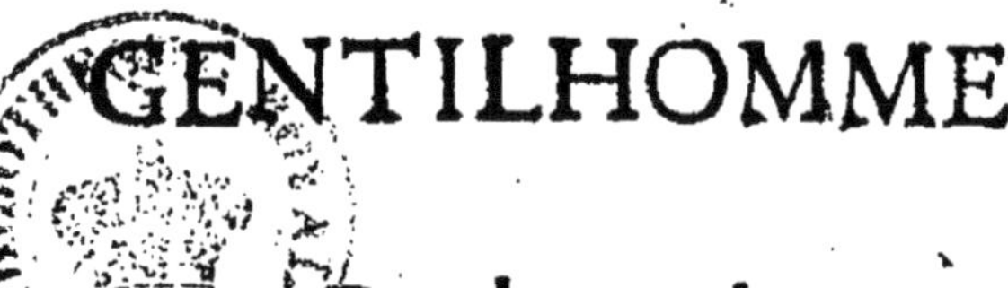

Par hazard.

PREFACE.

VOICI, Lecteur, une Piece la plus divertissante qui ait encore paru de la composition de Monsieur Dominique, il n'y a point de Scene qui ne renferme un sujet particulier; car on s'imagine trouver des regles pour la noblesse, ou du moins le portrait de ces Gentilhommes de fortune, au contraire, on y découvre l'entêtement de deux vieillards qui veulent marier leurs filles à leur fantaisie, & leurs ôtent la liberté de faire un choix digne d'elles, & suivant leur penchant naturel : Ainsi cela forme une dispute amoureuse trés-charmante, & capable de desennuyer le plus mélancolique. Il y a un endroit trés-instructif pour ces peres absolus, qui veulent contre toutes sortes de raisons, qu'une jeune fille devienne malheureuse, avant même que le tems de son infortune soit arrivé : delà vient ces éclipses de modestie,

de fageffe, & de reputation qu'une jeune
perfonne perd aifément ; car fitôt que l'on
contraint fon inclination fur un choix, elle
perd tout refpect humain, elle n'écoute ni
religion ni raifon, l'obéïffance paternelle
lui devient infuportable, alors elle s'abandonne aifément, le dirai-je, à la débauche
& au libertinage ; elle fouffre qu'on l'enleve,
elle embraffe tous les deffeins d'un amant
paffionné & ne s'informe plus de ce que le
monde en peut juger ; en un mot un pere
de ce caractere, ne s'en doit prendre qu'à
lui, quand fa fille le deshonnore, il a beau
la menacer du Cloître, l'amour, ce Dieu
fi puiffant, qui fe rend maître des cœurs
les plus rebeles, l'emporte toûjours fur
tout ce que les hommes fe propofent :
D'ailleurs il n'eft point de cœurs inac-
ceffibles à l'amour ; nul état de la vie
ne nous met à l'abri de cette violente
paffion.

Nôtre auteur s'aplique particulierement
dans cette Piéce, à inftruire la jeuneffe fur
cette docilité fi neceffaire aux ordres de ceux
qui les gouverne, perfuadé qu'il eft, qu'une
bonne ou mauvaife éducation décide du
fort de nôtre vie. En effet, Monfieur Dominique, tout jeune qu'il paroift, ne
l'eft point dans fes mœurs ni dans fes fen-

timens , plus il travaille , & plus on re-
marque en lui , le vrai merite d'un bon
Acteur , toûjours empreffé de fe diftinguer
de ceux qu'une vie mole entraîne dans cette
profeffion : on voit regner la concorde parmi ceux qui fecondent fi agreablement
fes intentions , & chacun dans fon genre
envie les aplaudiffemens du public.

Le lecteur trouvera dans cette Comedie
une defcription des differens états de la
vie qui renferme bien des veritez , & qui
peut fervir de leçons à tous ces féneans de
nôtre fiecle , qui à trente ans ne peuvent
fe refoudre à prendre un état , & à fe fixer
felon leur rang & leur condition. En effet ,
combien en voïons nous qui ambitionnent
les premieres charges , foit de l'Epée ou de la
Robe, quoique leur naiffance les en éloigne ?
Quelle trifte deftinée de ceux qui , fe fentant
portés d'inclination à ruiner les familles, pour
s'enrichir , font tout leur poffible pour entrer
dans les Finances , malgré le peu de talens
que la nature leur a accordé !

Nôtre *Gentilhomme par hazard* ne peut
fouffrir ces airs de diftinction que fe don-
nent aujourd'hui la plûpart des artifans ; il
fe livre même à des tranfports de colere ,
lorfque fon beau-pere Geronte le reprend
de ce que fes actions ne répondent pas à fa

prétenduë naiſſance , il lui répond fort prudemment , qu'il n'apartient pas à un crocheteur (c'eſt la condition de nôtre Gentilhomme par hazard) de ſe donner des airs
de grandeur , ni d'entrer dans une alliance
bien au-deſſus de lui : En effet l'erreur où
ſe trouvent les deux vieillards ſur le choix
de deux gendres , ſe découvre aiſément , &
ils ſont forcez d'avoüer leur foibleſſe ſur les
faux préjugez qu'ils avoient de la conduite
de leur fille , & les deux gendres ſe trouvent juſtifiez de leur amour ſincere.

On ne reprochera jamais à nôtre auteur
ces expreſſions moles & effeminées , qu'on
nomme dans le monde galanteries. Il ne ſe
trouve point dans ſes ouvrages , de ces traits
ſatiriques qui déchirent le prochain ; il ſe
contente de s'élever contre le deſordre ſans
faire découvrir le coupable ; il obſerve toûjours dans ſes expreſſions , un certain reſpect
qui menage l'honneur & la reputation du
beau ſexe : s'il lui échape quelques mots à
double ſens , on ne peut les apliquer qu'à
ſon humeur enjoüée : Il bannit de ſon jeu
de Theatre , cet air ſombre & farouche ,
ces geſtes contraints , ces déclamations ſi
ennuïeuſes par leur longueur ; ennemi des
repetitions , heureux dans les rimes , toûjours penſées nouvelles , jamais d'obſcurité

d'une Scene à une autre, & on se trouve à
la fin de la Comedie sans avoir été un moment ennuyé.

Cette Comedie fut representée à Lyon,
au commencement de la presente année
1712, dans la Sale de l'Opera en Belle-
Cour, le concours de Spectateurs fut une
preuve de la satisfaction que les Dames de
cette superbe Ville, témoignerent pendant
le tems que cette Piece fut joüée, l'auteur
se dispose à donner de nouvelles marques de
son aplication, pour donner au public une
suite de ses Pieces, qui feront la matiere du
second volume de son *Nouveau Theatre
Italien.*

ACTEURS.

LE DOCTEUR.

LEANDRE, fils du Docteur.

GERONTE.

LEONORE, fille de Geronte.

LEANDRE.
OCTAVE. } *Gentilhommes Parisiens.*

SCARAMOUCHE, valet de Leandre.

MEZZETIN, valet d'Octave.

COLOMBINE, hôtesse.

PIERROT, mari de Colombine.

ARLEQUIN.

Deux Crocheteurs.
Plusieurs valets.
Des Archers.
Un Geolier.
La Chanteuse.
Bergers & Bergeres.

La Scene est à Lyon.

ARLEQUIN
GENTILHOMME
Par hazard.
COMEDIE.

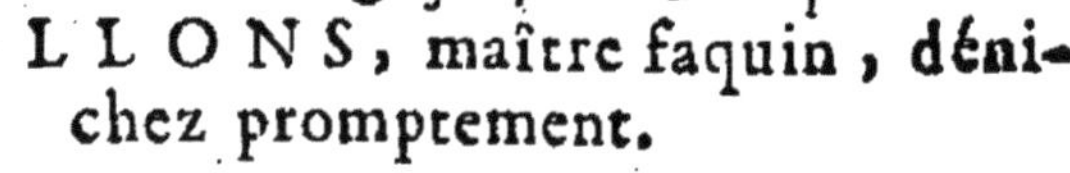

ACTE I

SCENE PREMIERE
COLOMBINE, PIERROT, ARLEQUIN.

COLOMBINE *tenant un bâton à la main,*
& frapant Arlequin.

ALLONS, maître faquin, déni-
chez promptement.

PIERROT, *frapant Arlequin.*

C'est ainsi que l'on traite un méchant garne-
ment, hors d'ici....

ARLEQUIN *à pierrot.*

Moderez cette brusque colere ,
Monsieur , que vôtre main soit un peu plus le-
     gere ,
Et vous , Madame , ayez plus de compassion ,
Vous pouriez bien me faire une contusion ,
Je ne vis de mes jours femme plus violente ,
Qui connoît mieux que moi vôtre humeur tur-
     bulente ?

COLOMBINE.

Je ferois beaucoup mieux de te remercier ,
Et te laisser *gratis* uvider tout mon cellier ,
Chez moi depuis trois mois tu prens ta nourri-
     ture ,
J'ai voulu te préter dix écus sans usure.
Et tu ne songe pas encore à t'acquitter ,
Demain je prendrai soin de te faire arrêter ,
Une obscure prison sera ta recompense ,
Si par le païement tu n'obtiens ta quittance.

ARLEQUIN.

Vous voulez en prison faire mettre Arlequin ,
Je n'y resterai pas je suis trop libertin.

PIERROT.

Bon , bon quand une fois tu seras dans la cage ,
Quoique tu sois porté pour le libertinage ,
Tu ne sortiras pas pour t'aller promener ,
Je te ferai mon cher , moi-même emprisonner ,
Foi de Pierrot , helas ! quel serment effroïable
Cela me fait trembler.

ARLEQUIN.

Vous êtes trop bon Diable ,

Vous n'avez pas le cœur de me faire enfermer.

PIERROT.

Oh si tu prenois l'air tu pourrois t'enrhumer,
Dans un cachot bien clos tu seras à ton aise.

ARLEQUIN.

Le cachot est mal sain & n'a rien qui me plaît,
D'ailleurs la solitude a pour moi peu d'apas.

PIERROT.

Tu pourras converser avec Messieurs les rats,
Qui le jour & la nuit te tiendront compagnie.

ARLEQUIN,

La conversation sera ma foy jolie,
De grace, cher Pierrot, soïez plus indulgent,
Le moïen de païer quand on est sans argent,
Je n'ai pas un denier, je me mets à la mode,
Et des gens du grand air j'observe la methode,
Païer ce que l'on doit est du dernier bourgeois,
Mon ami, lui dit-on, *venez un autre fois*,
Il retourne, on lui tient toûjours même lan-
gage,
Le pauvre malheureux fait en vain ce voyage.
L'homme de qualité qui ne veut point payer,
Conduit jusqu'au degrez le morne creancier ;
C'est ainsi qu'aujourd'hui on acquite ses dettes
Et Messieurs les Marchànds sont traittez en
grisettes,
On leur trouve d'abord de mervéilleux appas,
Quand on s'en est servi l'on en fait peu de cas

COLOMBINE.

Ta comparaison cloche, il faut me satisfaire.

ARLEQUIN.

L'honneur me le défend & je ne puis le faire ,
J'ai le cœur noble & fier , connoiſſez Arlequin.

PIERROT.

Vous êtes, je le ſçai , Gentilhomme faquin,
Mais du moins mon ami laiſſez nous quelque
gage ,

ARLEQUIN *tirant de ſa poche un morceau de*
fromage envelopé dans du papier.

Je ne puis vous donner qu'un morceau de fro-
mage ,
Que je garde avec ſoin depuis plus de dix ans,
Et je fais ſur moi-même un effort des plus
grands ,
En vous abandonnant ce treſor plein de charmes
C'eſt lui ſeul dont le goût diſſipe mes allarmes,
Lorſque je ſuis chagrin , inquiet , agité ,
Je n'ai qu'à le ſentir pour ma tranquilité.
Je le mets pour dormir la nuit ſous ma paillaſſe
Et je ronfle en repos quelque bruit que l'on faſſe
Quand même vingt canons peteroient à la fois,
Jamais malgré ce bruit je ne m'éveillerois.

(*Il dit ce qui ſuit d'un ton tragique.*)

Mais je vois bien qu'il faut répondre à vôtre
envie ,
Fromage de Milan , délice de ma vie ,
Lenitif de mes maux , aimable cordial ,
Rare & frian boucon , élixir pectoral ,
Paſſez dans d'autres mains puiſque du ſort bar-
bare ,

L'injurieuſe

L'injurieuſe loi pour jamais nous ſepare,
Recevez, cher Pierrot , ce bijou precieux ,
Dont la perte de pleurs groſſit mes petits yeux.

PIERROT.

Il eſt bon là ma foy, que veux-tu que j'en faſſe?
Cette plaiſanterie eſt de mauvaiſe grace ,
Nous voulons de l'argent tout au plûtard de-
main ,
Sinon ſur le collet on te mettra la main ,
Cherche un expedient pour te tirer d'affaire.

COLOMBINE.

Je te l'ai déja dit , ſonge à me ſatisfaire
C'eſt le plus ſûr moïen pour ſortir d'embaras ,
Il me faut du comptant.

ARLEQUIN.

       Et n'en avez-vous pas ?
Pourquoi m'en demander ?

PIERROT.

       C'en eſt trop ventrebille ,
J'entre en fureur, allons femme , roſſons ce
drille.

   (*Pierrot & Colombine frapent Arlequin.*)

COLOMBINE.

Pour moi je le veux bien je frape de bon cœur.

ARLEQUIN.

Eſt-ce ainſi qu'aujourd'hui l'on traite un débi-
teur ?
Je recevrois le double avec grande conſtance,

Q

Si de ce que je dois vous donniez quittance.

PIERROT *en le frapant.*

Oh, tu gagnerois trop, & moi je perdrois tout.

ARLEQUIN.

Par ma foi vous pouffez ma complaifance à bout

COLOMBINE *en s'en allant.*

Il vous faut de l'argent, adieu maligne bête.

ARLEQUIN *en la faluant.*

Peut-on vous refufer, vous êtes trop honnête?

SCENE II.

ARLEQUIN *feul.*

JE me trouve à préfent dans un piteux état,
Que ferai-je? endoffons un habit de foldat..
Non pas c'eft mal penfer, le canon m'épouvante
Ce bruit allarme trop mon oreille tremblante,
D'ailleurs je ne prétens courir aucun hazard,
Car la valeur & moi, nous faifons pot à part.
Choififfons un mêtier lucratif & facile,
Où je puiffe accorder l'agréable & l'utile;
Celui de ne rien faire eft un emploi charmant,
Morbleu que je fçaurois l'exercer noblement!
Mais pour le foutenir quoiqu'il puiffe me plaire
Il faut avoir du fond, ce n'eft pas mon affaire.
Faifons nous Avocat, c'eft un joli mêtier,
Il ne faut que mentir, fupofer & crier,

Dire des fauſſetez, car c'eſt-là la methode ,
Citer mal-à-propos un paſſage du code....
Non non , il faut long tems arpenter le Palais ,
Avant que les plaideurs tombent dans les filets.
Devenons Procureur.... j'ai trop de conſcience
Il faut pour chicanner beaucoup d'experience.
Financier.... cet emploi par tout eſt reveré,
Non celui de Jaſmin eſt ſon premier degré.
Medecin ou Bourreau l'un vaut l'autre, il n'im-
    porte ,
Je renonce à ce nom , ou le Diable m'emporte,
J'ai le cœur trop humain , & je ne pourrois pas
Voir cherir l'ignorant & vivre du trepas.
La charge de voleur me ſeroit convenable,
Je ſuis adroit , ſubtil, alerte comme un Diable.
Je ſuis fou d'aſpirer au titre de voleur ,
Puiſque je ne veux pas devenir Procureur.
Que choiſirai-je donc pour ſortir de miſere ?
Item il faut manger la choſe eſt neceſſaire ,
Faiſons nous bel eſprit , il eſt beau d'être au-
    teur....
Encore moins , j'aime mieux l'emploi de cro-
    cheteur.
En voici la raiſon. Dans le ſiecle où nous ſom-
    mes ,
Les ſçavans ſont toûjours de miſerables hom-
    mes ,
Qu'ils faſſent de beaux vers , ils n'en ſont pas
    moins gueux ,
Et l'heure du dîner ne ſonne pas pour eux.
Mais un bon crocheteur aprés ſon rude ouvrage
Trouve dans ſon taudis, ſon boüilli, ſon potage.
Juvenal nous aprend qu'un Poëte fameux
Quoiqu'il ſoit eſtimé n'en eſt pas plus heureux.

SCENE III.

GERONTE, LE DOCTEUR.

GERONTE.

TOus mes vœux font comblez, & ma joïe
    eft extrême,
D'avoir pû contenter une fille que j'aime.
J'ai pour elle fait choix d'un époux accompli,
Qu'elle aimera fans doute étant bien fait, poli,
Enfin je m'aplaudis d'avoir un pareil gendre,
C'eft le fils de Damon, on le nomme Leandre.
Chacun connoît fon bien & fa condition,
Son pere eft pour le moins riche d'un milion.

LE DOCTEUR.

Permettez, cher ami, que je vous felicite.
Je ne puis qu'admirer vôtre fage conduite,
Comme je fuis toûjours vôtre feul confident,
Je vous ai reconnu pour un homme prudent.
Le jufte ciel protege un pere de famille,
Quand avec avantage il établit fa fille,
La fortune m'a moins favorifé que vous,
J'attens de jour en jour pour la mienne un époux
Il eft, je l'avoüerai, moins riche que Leandre,
Mais d'un engagement je n'ai pû me défendre,
C'eft le fils de Philinte, homme de qualité,
Avec ce bon vieillard j'ai déja contracté.
Il ne peut lui donner que mille écus de rente,
Quoiqu'il en foit ma fille en doit être contente.

La vôtre joüira d'un plus heureux deſtin ,
Ce choix avantageux rend ſon bonheur cer-
    tain (*bas*)
Il reuſſit en tout au gré de ſon envie ,
Sa fille pouvoit-elle être mieux établie !

GERONTE.

Un mari jeune , aimable , & de plus opulent ,
A pour charmer ſa femme un merveilleux talent
Enfin tout eſt conclu je n'ai plus rien à craindre
Vous de vôtre côté vous n'êtes pas à plaindre ,
Dans nos projets formez nous ſommes fort heu-
    reux ,
Cette affaire nous va rajeunir tous les deux.
Mais j'oſe vous prier de me rendre un ſervice.

LE DOCTEUR.

Ne me pas éprouver eſt me faire injuſtice.

GERONTE

De meubles je n'ai pas grande proviſion ,
Vous ſçavez que jamais je n'eus d'ambition ,
J'ai toûjours pris plaiſir à garder ma finance ,
Dans la crainte de faire une folle dépenſe.
Pour recevoir mon gendre un peu plus noble-
    ment ,
Je voudrois lui meubler un grand apartement ,
J'aurois beſoin d'un lit , d'une tapiſſerie ,
De vaſes, de miroirs, prétez-moi je vous prie.

LE DOCTEUR.

Diſpoſez librement de toute ma maiſon ,
J'ai des meubles chez moi pour plus d'une ſai-
    ſon ,
Envoïez-moi des gens pour porter le bagage

Et ſi vous en voulez encore davantage,
Croïez que j'ai, mon cher, de quoi vous con-
    tenter,
Et ſur moi vous pouvez entieremenr compter.

SCENE IV.

LEANDRE, SCARAMOUCHE.

SCARAMOUCHE.

Quel vertigot vous prend, mon trés-illuſtre
    maître,
Vous demeurez ici ſans vous faire connoître,
Geronte vous attend, que ne le voyez vous ?

LEANDRE.

Helas ! il troubleroit les plaiſirs les plus doux.
J'adore, tu le ſçais, la charmante Iſabelle,
Ne blâme point, mon cher, une flame ſi belle.

SCARAMOUCHE.

Je ne vous comprens pas, vous mocquez-vous
    des gens ?
Peſte des amoureux, ils perdent le bon ſens :
Vous n'en uſez pas bien, fi, fi, c'eſt une honte
Vous devez épouſer la fille de Geronte,
Vous partez de Paris remplis de ce deſſein,
Je crois que vous venez pour lui donner la main
Et quand vous arrivez malgré vôtre parole,
Vous vous enmourachez d'une petite folle ;
Monſieur, ce procedé me paroît fort ſuſpect,

Vous êtes un coquin, soit dit par respect.

LEANDRE.

Tu condamnes en vain ma nouvelle tendresse,
Je ne puis aisément guerir de ma foiblesse,
Et malgré ma promesse un objet tout charmant
A dispensé mon cœur de son engagement.
Isabelle à ses loix tient mon ame asservie,
& je sens qu'il faudra l'aimer toute ma vie
Quand Leonore auroit de plus puissans apas
Ses atraits de mon cœur ne triompheroient pas.
Quelque puisse être enfin le couroux de mon
    pere,
J'attens sans m'allarmer l'effet de sa colere,
L'amour & la raison ne peuvent s'accorder.

SCARAMOUCHE.

Vous cherchez vainement à me persuader,
Monsieur, vous vous ferez quelque méchante
    affaire,
Vous avez le minois un peu patibulaire,
Croïez moi profitez de ma sage leçon,
J'en sçais plus long que vous, je suis un vieux
    barbon.
Ce n'est que l'amitié qui pour vous m'interesse
Les filles de tout tems ont gâté la jeunesse,
C'est un malin bétail, pour l'avoir écouté,
Je ne sçais que trop bien ce qui m'en a coûté.
C'a que de cet amour vôtre cœur se délivre,
Je vous guiderez bien, vous n'avez qu'à me
    suivre,
Je veux de vôtre esprit gouverner le vaisseau,
Car il pouroit fort bien s'en aller à-veau-l'eau,
Comme un Pilote expert je prétens vous con-
    duire,

Et de vôtre raifon calfeutrer le navire.

LEANDRE.

Termine ce difcours, tes foins font fuperflus,
J'en ai trop entendu, ne m'importune plûs,
J'efpere voir bien-tôt la charmante Ifabelle,
Dans fon apartement un rendez-vous m'apelle.
Adieu

SCARAMNUCHE *en l'apelant.*

Vous perfiftez dans cette opinion,
Et ne profitez pas de ma correction,
Ah ! le franc fcelerat.

LEANDRE.

Quoique tu fois habile
Pour me faire changer ton foin eft inutile.
(*il s'en va.*)

SCARAMOUCHE *feul.*

Comment de ma morale il ne fait point de cas,
Mes preceptes fçavans ne le reforment pas ?
Morbleu, de quoi me fert ma rhetorique ?
Je parle bon françois c'eft de quoi je me pique:
Malgré ce que je dis, le pendart, le vilain,
Refufe de m'entendre & va toûjours fon train,
Quand je veux lui tracer une plus belle route,
Pour ne pas y marcher il dit qu'il a la goûté.
Hé bien petit coquin, fais comme tu l'enrens,
Pour moi je t'abandonne à tes égaremens.

SCENE V.

LE DOCTEUR, DEUX CROCHE-
TEURS *chargez de meubles.* ARLE-
QUIN, *portant une chaise percée,*
& tous sortans de la maison du Docteur,
Arlequin se tient derriere les Crocheteurs
sans se faire voir au Docteur.

LE DOCTEUR.

VOus n'avez qu'à porter ces meubles chez
Geronte.

Le premier Crocheteur.

A-t'il de quoi payer, je crains qu'il ne m'af-
fronte ?

LE DOCTEUR.

Oh ! vous ne risquez rien il est homme d'honneur,

ARLEQUIN *au premier Crocheteur.*

Maître Jacques prenez cette chaise percée.
D'une certaine odeur ma narine est blessée,
Et mon nez délicat s'en est formalisé.

LE CROCHETEUR *la prenant.*

Pour un rien vous voilà d'abord scandalisé.

ARLEQUIN.

N'allez pas pour cela me faire une querelle,
Je sçais bien que pour vous c'est une bagatelle,
Vous avez l'odorat faquin & roturier,
Mais pour le mien il craint de se mes-alier.

(*Les Crocheteurs entrent chez Geronte.*)

J'ai vû chez le Docteur une vaste cuisine
Où je voudrois *gratis* calmer ma faim canine.
En m'aprochant du feu dans deux larges chau-
	drons,
J'ai d'abord aperçu d'excellens mácarons *
Qui sur un clair brasier une flame bien pure
Par leur boüillonnement faisoient un doux mur-
	mure,
Moi qui suis de Bergâme où l'on en mange tant
Si j'en avois ma part que j'en serois content !
Ciel qui depuis long tems connois ma gourman-
	dise,
Ne m'abandonne pas dans ma belle entreprise,
Autorise en ce jour un innocent larcin,
Daigne me seconder dans ce noble dessein,
Ou si des deux chaudrons je ne suis pas le maî-
	tre,
Fais qu'au moins sur un plat je puisse me repaî-
	tre.

* *Paste grosse comme le petit doigt, & que les Italiens mangent ordinairement avec le fromage par-mesan, & qu'ils apellent* macheroni.

SCENE VI.

OCTAVE, MEZETIN

botté tenant un fouet à la main.

OCTAVE.

NOus voici, grace au ciel, arrivez à Lyon.

MEZETIN.

Vous aurez en ce lieu de l'occupation,
Dans ce charmant païs les filles sont fringantes
Certaines quelquefois sont plus que complai-
san es.
Je sçais parbleu la carte & je puis me vanter
D'être des plus experts dans l'art de coqueter.
Au reste vous ferez ici trés-bonne chere,
Si vous aimé le vin, Lyon est vôtre affaire
Du matin jusqu'au soir les cabarets sont pleins.

OCTAVE.

Non je n'ai point formé de semblables desseins
La fille du Docteur que l'on nomme Isabelle,
Est la seule beauté qui dans ces lieux m'apelle,
Tu sçais que de Paris j'ai quitté le sejour
Pour unir, s'il se peut, l'himen avec l'amour.

MEZETIN.

Si pour les accorder vous fistes ce voïage,

Vous pouvez repartir fans tarder davantage ,
Ici comme à Paris l'époux n'eft point amant ,
Je fçais Lyon par cœur j'en parle fçavamment.

OCTAVE.

Faut-il que fur les mœurs ta piquante critique,
A répandre fon fiel inceffamment s'aplique ?
Ce n'eft pas d'aujourd'hui que tu connois mon
   cœur ,
Et j'aimerai toûjours la fille du Docteur.

MEZETIN .

O miracle d'amour ! quel excez de conftance !

OCTAVE.

Je ne veux point ceder à mon impatience ,
Avant que de la voir cherchons un cabaret.

MEZETIN.

J'y confens volontiers cet azile me plaît ,
C'eft dans ce beau reduit cette aimable retraite
Que Mezetin joüit d'une douceur parfaite ,
Toûjours le cabaret ce lieu recreatif ,
Contre le mauvais air fut un prefervatif
Un antidote enfin....

OCTAVE.

                Finis donc je te prie,
Et frape promptement à cette hôtellerie.

MEZETIN *frapant au cabaret.*

Hola ?

Scene 7

SCENE VII.

COLOMBINE, OCTAVE, MEZETIN.

COLOMBINE *à Mezetin.*

QUe voulez-vous ?

MEZETIN,

Ah ! le joli tendron ,
Etes-vous du logis l'enseigne ou le bouchon ?

COLOMBINE.

Non je suis la maîtresse.

MEZETIN *en la caressant.*

Agreable mignonne ,
Je gage que chez vous la pratique foisonne.

COLOMBINE.

Tenez un peu vos mains & sans gesticuler.....

MEZETIN *la caressant toûjours.*

Quoi vous ne voulez pas vous laisser cajoler ?

COLOMBINE.

Encore ? finirez-vous bientôt ce badinage ?

R

OCTAVE *à Mezetin*.

Coquin, veux-tu ceſſer ?

COLOMBINE *en regardant Octave.*

        Monſieur eſt bien plus ſage
(*à Mezetin*) Que ne l'imitez-vous ?

OCTAVE *à Colombine.*

        Pouvez-vous me loger

MEZETIN.

La belle queſtion, parbleu s'eſt l'outrager,
L'hôteſſe là deſſus à le cœur fort tranquille,
Elle a de quoi loger la moitié de la ville,
Son cabaret, Monſieur eſt vaſte & ſpacieux,
Quand vous irez ailleurs vous ne ſerez pas
    mieux.

COLOMBINE *à Octave.*

Vous ſerez ſatisfait, vous n'avez rien à craindre,
Ceux qui viennent chez moi ſont encore à ſe
   plaindre,

OCTAVE.

Entrons.
    (*Dans le tems que Colombine veut entrer*
avec Octave, Mezetin la prend par le bras.)

MEZETIN.

La belle hôteſſe attendez un moment,
Et daignez ſoulager mon amoureux tourment,
A peine ai-je entrevû vôtre belle figure,
Que vos yeux dans mon cœur ont fait une bleſ-
   ſure,

Si grande qu'un caroffe avec quatre courciers,
Pourroient s'y promener & paffer quoiqu'en-
tiers,
Vous voyez que j'exprime affez bien ma ten-
dreffe,
Et comme maintenant vous êtes mon hôteffe,
Traitez moi largement car j'ai grand appetit,
C'eft pourquoi...

COLOMBINE.

Vous aurez bonne table & bon lit,
Il ne manque de rien chez moi je vous protefte.

MEZETIN.

Avec le lit, la table il me faudroit autre chofe.

COLOMBINE.

Que voulez-vous de plus, je ne vous comprens
pas,

MEZETIN.

Je fais, voïez vous bien, plus que mes deux
repas,
Je fuis encore à jeun, & ma faim eft extrême,
On ne peut l'affouvir qu'en me mettant à même

(*il chante.*)

Aprés un bon repas
Au gré de mon envie
Servez moi, je vous prie,
De ces mets délicats
Ne m'entendez-vous pas.

(*Dans ce tems-là Pierrot arrive, & les écoute.*)

R ij

COLOMBINE.

Vous êtes trop goulu, comment vous contenter,
Je vous répondrai bien s'il ne tient qu'à chanter.   (*elle chante sur le même air.*)

Ces mets si délicats
Sont-ils pour vôtre usage ?
Un si grand avantage
A tous ne convient pas
Car je veux des ducats.

SCENE VIII.

PIERROT, COLOMBINE, MEZETIN.

PIERROT *se met au milieu & chante.*

Les mets que vous voulez
Me servent de pature
Je ne mange autre chose,
Et quoique j'en sois saoul
Vous n'en taterez pas.

(*à Mezetin il dit.*)

Sçavez-vous mon ami que c'est là nôtre femme,
Et que Monsieur Pierrot est d'une humeur ja-
louse,
Si vous voulez loger dans nôtre Cabaret,

Entrez y vous aurez du vin blanc ou clairet,
Tel que vous le voudrez, mais laiffez là ma
femme.

COLOMBINE *à Pierrot.*

Mon fils point de couroux.

PIERROT.

Voyez la bonne lame
Tu voudrois fans fçavoir ni comment ni pour-
quoi,
Servir à ce Monfieur le même plat qu'à moi,
Il feroit bientôt las d'un femblable ordinaire.

MEZETIN *avec foumiffion.*

Un air libre & badin pourroit-il vous déplaire?
Ah! de grace excufez.

PIERROT.

Allez, boutez deffus,
Je veux tout oublier mais n'y revenez pas.

COLOMBINE *careffant Pierrot.*

Pierrot es-tu fâché contre ta Colombine?
Mon petit cupidon fais-moi meilleure mine.

PIERROT.

Je fuis pris par mon foible, allons mets-là ta
main,
Il le faut avoüer je fuis un bon humain.

COLOMBINE *lui faifant la reverence d'une
maniere toute gracieufe.*

Adieu mon cher Pierrot, je fuis vôtre fervante.
(*elle s'en va.*)

R iij

MEZETIN.

L'époux eſt un magot & la femme eſt charmante.

PIERROT.

Voyez vous devant moi comme elle file doux ,
Dame je me fais craindre , allons entrez chez
nous ?

SCENE IX.

LE THEATRE SE CHANGE
& repreſente l'apartement d'Iſabelle, on y voit un lit tout garni.

ARLEQUIN , *tenant un plat de macaron.*

C'En eſt fait , j'ai vaincu rien n'égale ma
    joïe ,
Je ſuis avec honneur chargé de cette proïe ,
Et malgré tous les ſoins des zelez marmitons ,
Je triomphe aujourd'hui d'un plat de macarons
Dans ce lieu retiré j'aurai du moins la gloire ,
de joüir en repos du fruit de ma victoire ,
Aucun écornifleur ne viendra m'y troubler ,
Et de ces macarons je pourai me ſaouler.

*(il ſe met à terre & commence à manger les
macarons d'une maniere toute comique.)*

Ils font delicieux , ce beûre & ce fromage
Les rendent favoureux on ne peut davantage ,

*(il les mange avec precipitation & fait des
lazzi tous plaifans.)*

Mais qui peut interompre ici mon apetit ,
Quelqu'un vient , ô malheur , cachons nous
fous le lit ,

*(il prend fon plat & va fe mettre fous le lit ,
où il mange toûjours.)*

SCENE X.

ISABELLE, ARLEQUIN
caché fous le lit.
ISABELLE.

AVec empreffement j'attens mon cher Lean-
dre ,
En ce lieu chaque jour il a foin de fe rendre ,
L'amour qui nous permet des entretiens fi doux
Nous marque également l'heure du rendez-vous
Et fon exactitude à voir l'objet qu'il aime ,
M'affure des tranfports de fon ardeur extrême,
Mais je crois de l'entendre.

ARLEQUIN *fous le lit.*

Helas c'eft grand hazard
Si de mes macarons il ne prétend fa par..

SCENE XI.

LEANDRE , ISABELLE , ARLEQUIN *sous le lit.*

LEANDRE.

Guidé par mes soupirs je vous revois, Ma-
  dame,
Vous ne pouvez douter de l'excez de ma flame,
Trop heureux si l'amour qui me force à venir,
Vouloit auprés de vous toûjours me retenir :
Mais quand ce Dieu répond au beau feu qui me
  presse,
Helas ! que ces momens coulent avec vitesse,
A peine je me livre à ma felicité
Qu'il faut quitter d'abord un bien si souhaité.

ARLEQUIN.

Je ne quitterai pas mon plat de cette sorte,
Et je mangerai tout ou le Diable m'emporte.

ISABELLE.

Mon tendre cœur soumis à l'empire amoureux
Egalement blessé brûle des plus beaux feux
Qu'il m'est doux de porter une si belle chaîne,
Et de m'abandonner au penchant qui m'entraîne
Mon pere me destine en vain un autre époux,
Je ne veux pour mari qu'un amant tel que vous.

LEANDRE.

Mon bonheur eſt parfait & cet aveu m'enchante
Que dans ces ſentimens vôtre ame ſoit con-
    ſtante,
N'admettons d'autres loix que celles de l'a-
    mour,
Et livrons lui nos cœurs pour honorer ſa cour.
Ah! ſi pour poſſeder un bien ſi plein de charmes,
Un rival temeraire en vous rendant les armes,
Prétendoit me ravir ce que j'aime le mieux
Il ſeroit accablé ſous mes coups furieux.

ARLEQUIN.

Ciel ! il parle de moi, que faut-il que je faſſe?
Morbleu qu'il vient de faire une laide grimace,
Sans doute on preparoit pour lui ces macarons,
Je dois craindre pour moi de toutes les façons ;
Mais il a beau crier, car enfin pour les rendre
Il faut les digerer, il peut encore attendre.

LE DOCTEUR *en dedans.*

Iſabelle.

ISABELLE *effrayée.*

J'entens mon pere, cachez vous.

LEANDRE *embaraſſé.*

Où?

ISABELLE.

Derriere le lit.

ARLEQUIN.

Ne venez pas deſſous.

Car nous n'y serions pas tous deux fort à nôtre
aise.

(*Leandre se cache derriere le lit , Isabelle reste*
fort allarmée.)

SCENE XII.

LE DOCTEUR, ISABELLE, LEANDRE. *derriere le lit,* ARLEQUIN *dessous.*

LE DOCTEUR.

JE veux chercher par tout.

ARLEQUIN.

Ah ! ne vous en deplaise
Ne cherchez pas ici.

LE DOCTEUR.

Peut être sous le lit
Pourrois-je la trouver.

ARLEQUIN.

Que diable est-ce qu'il dit ?

LE DOCTEUR.

A la chercher par tout il faut que je m'aplique,
Je ne retrouve point une épée à l'antique.

Je veux voir sous le lit.

ARLEQUIN.

Helas ! je suis perdu,
Il va me découvrir.

(*Le Docteur cherche sous le lit & voit Arlequin.*)

LE DOCTEUR *faisant un cri.*

Juste ciel ! qu'ai-je vû ?

(*il fuit & ferme la porte de la chambre,*
Leandre quitte sa place & revient.)

ISABELLE *confuse.*

Un homme sous le lit !

ARLEQUIN *sort de dessous le lit avec son plat de macarons.*

Excusez moi de grace
Je consens à païer mon écot & ma place.

LEANDRE.

Aprens moi le sujet qui t'amene en ces lieux,
Voleur ?

ARLEQUIN.

Oh ! ventrebleu vous pouriez parler mieux,
Ce larcin est ma foi le premier de ma vie,
Mais de ces macarons j'avois si fort envie
Que j'ai dans la cuisine avec dexterité
Excroqué ce butin si long tems souhaité
Je vais me retirer car j'ai la pense pleine
Je vous rendrai le plat n'en soyez pas en peine
Je ne le vendrai point car il n'est pas d'argent.

LEANDRE.

Mais quel est ton emploi ?

ARLEQUIN.

D'être fort indigent,
J'ai long-tems parcouru les états de la vie,
Et depuis ce matin j'ai pris la fantaisie
De choisir parmi tous celui de crocheteur,
Je me suis introduit chez Monsieur le Docteur,
Aprés avoir volé ce plat dans sa cuisine,
Pour assouvir la faïm qui rongeoit ma poitrine
Je me suis confiné dans cet apartement,
J'y mangeois en repos & fort gloutonnement,
Quand cette Demoiselle en ce lieu s'est renduë
Moi pour me derober aussitôt à sa vûë,
Et me mettre à couvert du tumulte & du bruit,
Je me suis tout tremblant retiré sous le lit.
Vous avez entendu mon histoire tragique
Bien loin de me blâmer plaignez un famerique.

ISABELLE.

Comment ferons nous donc mon pere va venir?
Leandre il n'est pas tems de nous entretenir ,
Mais plûtôt.....

LEANDRE.

Dissipez cette fraïeur extrême
Je viens d'imaginer un plaisant stratagéme ,
[*à Arlequin.*)
Donne moi ton habit & tu prendras le mien.

ARLEQUIN.

Fi donc mon casaquin ne vous ira pas bien
Il faut pour le porter toute une autre encoulure,

Vous

Vous n'avez d'Arlequin ni geſtes ni poſtures,

LEANDRE.

Dépechons.

ARLEQUIN.

J'y conſens pour vous faire plaiſir,
Quoique je perde au change, il faut vous obéïr.

(ils ſe deshabilent tous deux , Arlequin met
l'habit de Leandre , & Leandre celui d'Arlequin

ISABELLE.

Pourquoi vous déguiſer, aprenez moi Leandre...

LEANDRE.

Cette ruſe , madame , eſt facile à comprendre.
(à Arlequin.)
Va derriere le lit , je veux reſter ici.

ARLEQUIN *allant derriere le lit.*

Ce gentilhomme eſt fou , moi je le ſuis auſſi.

LEANDRE.

Ici dans un inſtant le Docteur va ſe rendre
Me voïant cet habit il poura ſe méprendre
Ainſi j'éviterai quelqu'éclairciſſement ,
Mais il vient , je ſcaurai le tromper aiſément.

S

SCENE XIII.

LE DOCTEUR *escorté de valets ar-*
mez, **ISABELLE, LEANDRE**
avec l'habit d'Arlequin, **ARLEQUIN**
, derriere le lit.

LE DOCTEUR *aux valets.*

SEcondez, mes amis la fureur qui m'infpire,
Arreftez ce voleur.... hé-bien que vas-tu
   dire ?

      (*les valets faififfent Leandre.*)

Parle, dans ma maifon quel deffein t'a conduit?
Répons, pendart, pourquoi te cacher fous le
   lit ?

LEANDRE.

Je ne fuis pas, Monfieur, ce que vous pouvez
   croire,
Je vais vous raconter en deux mots mon hif-
   toire.
Je fuis un crocheteur, victime de la faim,
Qu'ici fon apetit n'a pas conduit en vain,
Un plat de macarons volez par prevoïance,
A foulagé les maux caufez par l'abftinance,
Ici pour les manger je me fuis introduit,
Et je me fuis caché tout tremblant fous le lit.

ISABELLE.

Mon pere renvo'iez ce pauvre miferable,
Ne le puniffez point puifqu'il n'eft pas coupable

LE DOCTEUR.

Je plains ce malheureux , fon fort me fait pitié
Il s'eft auprés de nous affez juftifié ,
　　　　　(*à Leandre.*)
Va-t'en je te pardonne , & tu n'as rien à crain-
　dre ,
Tu dis la verité.

LEANDRE.

J'ignore l'art de feindre.

LE DOCTEUR.

Outre les macarons que tu viens de voler
Je veux bien de dix fols encore te regaler.

LEANDRE.

L'honneur de vous fervir eft le bien où j'afpire

LE DOCTEUR.

Adieu mon pauvre enfant.

LEANDRE.

Monfieur je me retire.

(*Leandre s'en va & les valets rentrent.*)

ISABELLE *bas.*

Au gré de mes fouhaits la fourbe a reuffi.

S ij

ARLEQUIN *derriere le lit.*

Oüi mais pour mon malheur je fuis encore ici.

LE DOCTEUR.

Qu'entens-je ? que dit-on ?

ISABELLE *bas.*

Rién mon pere.... ah le traître !
S'il dit encore un mot il fera tout connoître.

ARLEQUIN *éternue fort.*

LE DOCTEUR.

Je ne me trompe pas & quelqu'autre eft ici.

ISABELLE.

Que je fuis malheureufe !

LE DOCTEUR.

Examinons ceci.

(*il cherche , va derriere le lit , & trouve
Arlequin babillé proprement.*)

ISABELLE.

Tout va fe découvrir la chofe eft certaine.

LE DOCTEUR *conduifant Arlequin par
le bras.*

Dans ma maifon , Monfieur , quel fujet vous
  amene ?
Hola , valets à moi , faififfez ce voleur.

(*Les valets viennent , fe faififfent d'Arlequin
qui fe met à genoux devant le Docteur.*)

ARLEQUIN.

Ah, monsieur, je ne suis qu'un pauvre crocheteur,

LE DOCTEUR.

Chansons, cet habit là me fait croire autre
chose,

(*à Isabelle.*)
Que veut-dire ceci ?

ISABELLE.

Je n'en suis point la cause
Mon pere, & je ne sçai......

LE DOCTEUR.

Je veux être éclairci.

ARLEQUIN.

Par charité souffrez que je sorte d'ici,
Un fâcheux cours de ventre, en certain lieu
m'apelle,
Et m'ordonne, monsieur, de pousser une selle.

LE DOCTEUR.

Vous ne sortirez pas.

ARLEQUIN.

Pourquoi m'en empêcher ?

LE DOCTEUR.

J'en sçais bien la raison

ARLEQUIN.
Je vais donc tout lâcher.
S iij

ISABELLE *bas à Arlequin.*

Que diras-tu, maraut, pour te tirer d'affaire?

ARLEQUIN.

Cela m'est échapé, je n'y sçaurois que faire.

LE DOCTEUR *aux valets.*

Foüillez-le promptement.

ARLEQUIN.

Vous ne trouverez rien ,
Je suis un crocheteur sans honneur & sans bien.

[*les valets le foüillent & trouvent une lettre.*)

LE DOCTEUR.

Donnez moi cette lettre.

ARLEQUIN.

Helas quel soin vous presse ?
Vieillard trop curieux.

LE DOCTEUR.

(*il lit l'adresse.*)
Je prétens voir l'adresse.
A Geronte.. voïons ce que peut contenir...

ARLEQUIN *faisant comme s'il avoit la colique.*

Ma foi je ne puis plus , monsieur , me retenir.

LE DOCTEUR *lit.*

Le porteur de la presente , est mon fils
Leandre, qui se rend à Lyon pour avoir

l'honneur de donner la main à la charmante
Leonore ; j'espere que vous en serez satisfait,
& que vous ne differerez point de conclure
un mariage que je souhaite avec tant d'empressement. Je suis, en attendant de vos
nouvelles,

Vôtre trés - affectioné
serviteur & ami,

D A M O N.

A R L E Q U I N *faisant des lazzi, comme s'il étoit*
pressé de ses necessitez.

Ne me refusez pas le secours que j'implore.

LE DOCTEUR *à Arlequin.*

Vous venez pour donner la main à Leonore,
Et je vous trouve ici caché derriere un lit.

ARLEQUIN.

J'avois sur mon honneur un terrible appetit,
Ces macarons exquis m'ont bien bouré la panse

LE DOCTEUR.

Cette affaire est pour moi de grande conse-
quence,
Vous deviez un peu mieux connoître le Docteur
Je suis homme de bien.

ARLEQUIN.
Moi je suis crocheteur.

LE DOCTEUR.

Il faut pour reparer l'honneur de ma famille ;
Que fans plus differer vous époufiez ma fille,
Je veux que devant moi vous lui donniez la
    main.

(à Ifabelle.)

Allons difpofez-vous....

ISABELLE.

                        Ah ! quel ordre inhumain
Que me prefcrivez-vous ? malgré vôtre colere
Je ne puis fur ce point vous obéïr mon pere.

LE DOCTEUR.

Vous ofez refifter aprés un tel affront.

ARLEQUIN *à Ifabelle.*

Pourquoi l'agacez vous ? vous fçavez qu'il eft
    prompt,
Mettez-là vôtre main ; madame la coquine.

ISABELLE.

Laiffe-moi.

LE DOCTEUR.

                Comment donc vous faites la mutine
Obéïffez ; vous-dis-je, & fans plus m'irriter...

ISABELLE *donnant la main.*

Enfin vous m'y forcez.

ARLEQUIN.

                        Vous vous ferez froter,

Et je vous donnerai ma foi fur les oreilles,
Ma charmante avec moi vous ferez à merveilles
Je vous ferai porter les crochets quelquefois.
(*au Docteur.*)
Beau-pere , pouviez-vous faire un plus joli
choix ?

LE DOCTEUR *à Arlequin.*

Vous êtes à prefent le mari d'Ifabelle ,
Adieu pour un moment je vous laiffe avec elle.

ARLEQUIN.

C'eft agir prudemment.

SCENE XIV.

ISABELLE , ARLEQUIN.

ISABELLE.

O Mortelles douleurs !
[*à Arlequin.*)

Devois-tu m'expofer à de nouveaux malheurs
C'eft toi qui dans ce jour caufe mon infortune.

ARLEQUIN.

Ma mie en verité ce difcours m'importune,
Si vous continuez vous vous ferez roffer.
ISABELLE.
Infame....

ARLEQUIN.

Vous allez encore recommencer,
J'ai fur vous maintenant un pouvoir defpotique
Vous pouriez à mes bras donner de la pratique,
Ainfi, ma chere femme, un peu plus de douceur
Là là, moderez vous ma mignone, mon cœur,
En voïant vos appas l'eau me vient à la bouche,
Laiffez vous careffer, pourquoi cet air farou-
    che?
Ma belle crocheteufe allons nous en coucher.

ISABELLE *lui donnant un fouflet.*

Quoi malheureux encore, ofe-tu m'aprocher?

ARLEQUIN.

Un fouflet, finiffons ce jeu de Comedie.
Adieu je me retire & je vous repudie.

SCENE XV.

LEANDRE *avec un autre habit,*
ISABELLE.

ISABELLE.

Rien ne peut arrêter le torrent de mespleurs
Venez, mon cher Leandre, aprendre mes
  malheurs,
Ce crocheteur a fait découvrir le miftere,
Il s'eft fous vôtre habit, fait connoître à mon
  pere,

Ayant trouvé sur lui la lettre de Damon ,
Il a cru justement lui donner vôtre nom ,
Le prenant pour Leandre , helas ! il m'a con-
    traint ,

LEANDRE.

              N'aïez aucune crainte ,
C'est Leandre qui doit être vôtre époux ,
Rien ne peut à mon cœur ravir un bien si doux
Et puisqu'entre mes bras vôtre pere vous livre ,
Il faut sans balancer vous resoudre à me suivre
La fuite est necessaire en cette extremité.

ISABELLE.

Je dois me conformer à vôtre volonté ,
Répondre à vos desirs est ma plus chere envie ,
Vous pouvez disposer de mon sort & de ma vie.

Fin du premier Acte.

ACTE II

SCENE PREMIERE

LE THEATRE REPRESENTE la ruë.

LEANDRE , ISABELLE ,
fortans de la maifon du Docteur.
SCARAMOUCHE, *qui vient d'un*
autre côté & trouve Leandre
avec Ifabelle.

SCARAMOUCHE.

ENfin vous prétendez Monfieur le fpadaffin ,
Perfeverer toûjours dans ce noble deffein ,
Où Diable voulez-vous mener cette femelle ?
Pour en être charmé la trouvez-vous fi belle?
Pour moi je la verrois du haut jufques au bas ,

Que

Que je ne ferois point tenté de fes apas.

LEANDRE.

Monfieur le Precepteur finiſſez , je vous prie ,
De pareils colibets paſſent la raillerie.

ISABELLE.

Scaramouche n'eſt pas un garçon fort poli.

SCARAMOUCHE.

C'eſt que je ne vois rien en vous de trop joli.

ISABELLE *à Leandre.*

Monfieur , vôtre valet eſt prompt à la riſpoſte

LEANDRE *à Scaramouche.*

Il faut aller chercher une chaiſe de poſte ,
Car je veux l'enlever.

SCARAMOUCHE.

       Sans rien dire au Docteur ,
              (*il pleure.*)

LEANDRE.

Scaramouche qu'as-tu ?

SCARAMOUCHE *en pleurant.*

          Je pleurs fon honneur
Qui ne reviendra pas fitôt de ce voïage ,
Pacatroufe en chemin il va faire naufrage.

LEANDRE.

Pauvre fol !

T

SCARAMOUCHE.

Je vois bien que je pers mon latin ,
Et vous ne voulez pas renoncer au butin ,
Allons je vous suivrai par de-là la Turquie ,
Partons ,

LEANDRE.

Va t'en fraper à cette hôtellerie ,
Madame y restera jusqu'à nôtre retour.

ISABELLE.

Cher Leandre jugez de mon parfait amour
Puisque sans consulter une austere sagesse
Je cede aveuglement à l'ardeur qui me presse.

LEANDRE.

Rassurez vous, Madame, & croïez qu'avec moi
Vous ne risquerez rien.

SCARAMOUCHE.

J'en jurerois ma foi
Mon maître est pour le moins sage comme une
fille.

LEANDRE.

Frape donc.

SCARAMOUCHE *regardant Isabelle.*

Je commence à la trouver gentille ,
Oh di casa ?

SCENE II.

PIERROT, LEANDRE, ISABELLE, SCARAMOUCHE.

PIERROT *dans la cantonade.*

Claudine embrochez cé chapon,
Ecumez la salade & plumez cet oignon,
Allez vous en compter avec ce Capitaine,
    [*en sortant & voyant Scaramouche.*)
Scaramouche, bon jour, qu'est-ce qui vous
    amene.

SCARAMOUCHE *lui montrant Isabelle.*

Cette fille est charmante & vaut un million,
Je veux dans ton logis la mettre en pension
C'est moi qui l'entretiens, soit dit en confi-
    dence,
Toûjours pour mes plaisirs je fis de la dépense,

PIERROT *en la regardant.*

Elle le porte beau, c'est tout or & mazur
Ma foi si de mon fait je pouvois être sûr,
Je m'amuserois bien a lui conter fleurette,
Car tel que tu me vois j'aime un peu la grisette.

LEANDRE *à Pierrot.*

Mon ami recevez cette Dame chez vous.

T ij

PIERROT.

Scaramouche , morgué tu te gauffe de nous ,
Tu n'entretiens donc pas cette beauté friande ,
Puiſque c'eſt ce Monſieur qui me la recom-
 mande ,
Serois-tu par hazard de profit avec lui ?

SCARAMOUCHE.

Oüi nous nous relevons c'eſt ſon jour aujour-
 d'hui ,
Demain j'aurai le mien chacun à ſa journée ,
Nous nous accommodons.

PIERROT.

   L'affaire eſt bien menée.

LEANDRE *à iſabelle.*

Entrez belle perſonne & comptez ſur mon cœur

ISABELLE.

Puiſſent les juſtes Dieux couronner vôtre ardeur
Je vous attens Leandre avec impatience.

LEANDRE.

Scaramouche ſuis-moi.

SCARAMOUCHE.

   Partons en diligence.

(*iſabelle entre avec Pierrot dans l'hôtellerie.*)

SCENE III.

LE DOCTEUR.

Geronte cette fois ne sera pas content,
Mais lui même en ma place en auroit fait
    autant,
Seul avec Isabelle ayant surpris Leandre,
Je crois que c'est ainsi que je devois m'y pren-
    dre,
Jusques au fond du cœur ce trait m'avoit
    percé,
Il falloit satisfaire à l'honneur offensé
Ce parti pour ma fille est d'un grand avantage,
Et je me sçais bon gré qu'il lui tombe en par-
    tage,
D'Octave je scaurai bientôt me dégager
Et Geronte sur lui peut se dédommager,
Je vais lui raconter toute cette avanture,
Et de mon procédé je crains peu qu'il murmure

(il frape chez Geronte.)

T iij

SCENE IV.

GERONTE, LE DOCTEUR,

GERONTE.

AH c'est vous cher ami, quel plaisir de vous
      voir,
Souffrez que je m'acquitte ici de mon devoir,
En vous remerciant de la tapisserie....

LE DOCTEUR.

Fi donc ne parlez point de cela, je vous prie,
Je viens vous reveler des secrets importans ;
Vous serez étonné....

GERONTE

        Parlez je vous entens.

LE DOCTEUR.

De retour au logis j'ai trouvé vôtre gendre,
Caché derriere un lit.

GERONTE.

       Vous parlez de Leandre ?

LE DOCTEUR.

Justement à ma fille il faisoit les yeux doux ,
Et vouloit profiter je crois du rendez-vous,
Leandre lui parloit , jugez de ma surprise ,

Je me suis recrié contre son entreprise,
Mais enfin il falloit effacer ce forfait,
En cette occasion, cher ami, qu'ai-je fait ?
J'ai contraint le galant à devenir mon gendre,
D'épouser Isabelle, il n'a pû se défendre
Si vous eussiez été de la sorte insulté
Je crois qu'en pareil cas vous m'auriez imité.

GERONTE.

A quoi bon plaisanter, Docteur, c'est assez
 rire,
Leandre est-il ici ?

LE DOCTEUR *lui presentant la lettre.*

     Tenez vous pouvez lire,
Vous connoîtrez par là si j'ai tort ou raison,
C'est la lettre d'avis que vous écrit Damon.

GERONTE *aprés avoir lû.*

Je vous plains, mais enfin ce n'est pas là mon
 compte,
Leandre m'a promis...

LE DOCTEUR.

    Point de couroux Geronte,
Il m'a deshonnoré.

GERONTE.

     Que veut dire ceci,
Mais ne puis-je le voir ?

LE DOCTEUR.

     Fort bien car le voici

SCENE V.

ARLEQUIN *habillé en gentilhomme,*
ayant son coutelas au-dessus de son épée.

LE DOCTEUR, GERONTE.

GERONTE *à Arlequin.*

VOus m'avez fait, Monsieur, une sensible of-
fense,
Vous me tiendrez parole, ou j'en aurai ven-
geance.

ARLEQUIN *s'adressant au Docteur.*

Que dis-donc ce vieux fol? je ne le connois pas

LE DOCTEUR.

C'est Geronte.

ARLEQUIN.

Ma foi j'en fais fort peu de cas.

GERONTE.

Vous devez épouser ma fille Leonore.

ARLEQUIN, *en riant.*

Il lui faudroit donner quelques grains d'elle-
bore,
Il en a grand besoin.

GERONTE.

Vous vous mocquez de moi
Mais on n'abuſe pas en vain ma bonne foi,
Vôtre pere Damon....

ARLEQUIN.

Ah ! le plaiſant jocrice,
Je n'ai jamais connu que ma mere nourrice,
Je ſuis du côté gauche, autrement dit bâtard,
Dans ce monde, dit-on, j'arrivai par hazard.

GERONTE.

Eſt-ce ainſi que s'explique un homme de naiſſance,
Un Gentilhomme....

ARLEQUIN.

Moi, vous êtes en demence
Depuis quand, s'il vous plaît, meſſieurs les
crocheteurs,
Ont-ils été placez parmi les grands Seigneurs?

LE DOCTEUR *prenant Arlequin par un bras.*

Mon gendre entrez chez nous.

GERONTE *le prenant par l'autre bras.*

Il n'eſt pas neceſſaire,
Venez dans ma maiſon.

ARLEQUIN.

Y fait-on bonne chere,
J'irai...non je ne puis & j'en ſçai les raiſons,
On fait chez le Docteur d'excellens macarons,

Allons y promptement.

LE DOCTEUR tirant Arlequin.

Entrez, Monſieur Leandre.

GERONTE le tirant auſſi.

Corbleu vous n'irez pas.

ARLEQUIN à Geronte.

Je ne puis m'en défendre
C'eſt lui qui le premier m'a voulu regaler,
Oh parbleu je ſuis las de me voir tirailler,
Laiſſez moi donc vous dis-je.

GERONTE en le cachant.

[Hé-bien je vais ſur l'heure
Vous faire preparer une bonne demeure.

(il ſort.)

LE DOCTEUR.

Il enrage.

ARLEQUIN.

Cet homme a le cerveau gâté
Je veux aller chez vous j'y ſuis fort bien traité,
Preparez moi, beau-pere, une ſoupe au fro-
mage,
Car ſelon mon avis, c'eſt le meilleur potage.

LE DOCTEUR.

On va vous en faire une & chez moi mes valets
Vous ſerviront toûjours au gré de vos ſouhaits

(Geronte vient avec des Archers, leurs

*montre Arlequin, les Archers veulent s'en
saisir, Arlequin se défend contre eux avec
son coutelats ; mais étant obligé à la fin de
ceder à la force , il se laisse conduire en
prison , le Docteur se retire tout affligé.*

SCENE VI.

OCTAVE, MEZETIN, COLOMBINE.

OCTAVE.

JE te suis obligé , ma chere Colombine.

MEZETIN,

Je suis , je l'avoürai , content de sa cuisine ,
Messieurs les marmitons ont bien fait leur devoir.

COLOMBINE à Octave.

Je me flate Monsieur , que vous viendrez nous
voir ,
Mon vin est assez bon j'en ai quelque barique,
N'accordez qu'à moi seule au moins vôtre pratique.

MEZETIN en la caressant.

Je vous accorderai la mienne de bon cœur ,
Pourveu que vous vouliez recevoir cet honneur
Ne me refusez point ma petite mignonne.

OCTAVE.

J'ai vû dans ton logis une aimable personne ,

Ne ſçais tu point ſon nom ?

COLOMBINE.

A vous parler ſans fard ,
On peut bien la nommer Madame du hazard ,
Elle ne ſent pas bon je le juge à la mine ,
Je m'y connois un peu.

MEZETIN.

La peſte qu'elle eſt fine
Bien fol ſeroit celui qui voudroit s'y fier
Elle a l'odorat bon pour flairer le gibier ,
Que je lui donnerois volontiers ſon décompte.

OCTAVE *à Colombine.*

De grace , enſeignez moi la maiſon de Geronte,

COLOMBINE *la lui montrant.*

La voici.

OCTAVE.

C'eſt aſſez j'y vais dans le moment.

COLOMBINE.

Si je puis vous ſervir commandez librement.

MEZETIN.

Adieu belle traiteuſe , hôteſſe de mon ame.

COLOMBINE.

Adieu le gros jouflu.

MEZETIN.

Vôtre valet Madame.
(*Colombine rentre chez elle.*)

Octave.

OCTAVE.

Frape à cette maison.

MEZETIN

Vous êtes dans l'erreur,
Que n'allez vous plûtôt chez M. le Docteur ?

OCTAVE.

Non je veux avant-tout chez Geronte me rendre
c e voir de la part du pere de Leandre.

MEZETIN *va fraper.*

J'obéïs.

SCENE VII.

GERONTE, OCTAVE, MEZETIN.

GERONTE *en sortant.*

Que veut-on ?

MEZETIN.

Le patron du logis
Est-il ici, Monsieur ?

GERONTE.

Oüi sans doute j'y suis.

V

MEZETIN.

Excufez je n'ai pas l'honneur de vous connoître
Vous êtes en ce lieu demandé par mon maître,

OCTAVE *faluant Geronte.*

Avant que de partir pour me rendre à Lyon,
Un de vos bons amis que l'on nomme Damon,
Dont le fils, m'a t'il dit, doit être vôtre gen-
dre,
En arrivant ici m'a chargé de vous rendre
Cette lettre.

GERONTE.

Parbleu vous me faites honneur,
Et je ferois content fi j'avois le bonheur
De vous faire plaifir, je parle avec franchife,
Mais Monfieur, s'il vous plaît, permettez que
je life,
(*il lit la lettre, aprés quoi il dit.*)
Vous venez époufer la fille du Docteur,
Il m'a pour cet himen témoigné tant d'ardeur,
Que vous avez grand tort de l'avoir fait atten-
dre.

OCTAVE.

Je dois auffi remettre une lettre à Leandre
Je ne le connois point.

GERONTE.

Entrez dans ma maifon.

OCTAVE.

Je crains d'être incommode.

GERONTE.

Ah Monfieur fans façon.

MEZETIN.

Ce vieillard est civil.

GERONTE *à Octave.*

Entrez donc , je vous prie ,
(*à Mezetin.*)
Et vous aussi , mon cher.

MEZETIN *faisant des façons.*

Ah !

GERONTE.

Sans ceremonie.

SCENE VIII.

LE DOCTEUR.

JE ne puis revenir de mon étonnement :
Ciel ! est-il pour un pere un plus affreux
tourment ?
Ma fille a deserté la maison paternelle
Tu formes le dessein , malheureuse Isabelle ,
D'abandonner ainsi ton pere , ton époux ,
Sans craindre les effets de mon juste couroux ,
Ah ! dans le desespoir qui penetre mon ame,
Si le sort à mes yeux presentoit cette infâme
Elle ressentiroit ma fatale fureur ,
Et je la livrerois à toute ma rigueur,

SCENE IX.

GERONTE, *sortant de la maison,*
LE DOCTEUR.

GERONTE, *parlant à la Cantonnade.*

JE reviendrai bientôt vous n'avez qu'à m'attendre.
(*en voyant le Docteur,*)

Docteur ai-je affez bien receu le beau Leandre,
Ma foi s'il ne fe met bientôt à la raifon,
Il rifque de refter quelque tems en prifon.
Mais qu'avez-vous ?

LE DOCTEUR.

Helas je fuis inconfolable,
Ma fille m'a quitté.

GERONTE.

Ce feroit bien le diable.

LE DOCTEUR.

Je ne la trouve plus & fans doute elle eft loin.

GERONTE.

D'un pareil contre-tems, vous n'aviez pas
befoin,
Car Octave eft chez moi.

LE DOCTEUR.

Que dites-vous Geronte,
Ceſſez de m'impoſer...

GERONTE.

Non ce n'eſt pas un conte,

Et mon ami Damon me la recommandé,
De ce que je vous dis ſoyez perſuadé.

LE DOCTEUR.

Tachez de découvrir où peut être Iſabelle,
Et ne divulguez point cette triſte nouvelle.

GERONTE.

Croyez moi, mon ami loin de vous allarmer,
En differens quartiers allez vous informer.

LE DOCTEUR.

Je ne veux épargner ni l'argent ni la peine,
Je vais tout de ce pas droit à la quarantaine,
Sous les Tillots, au Change, aux Caffez, aux
   Terreaux,
Dans la Traille, aux Fauxbourgs, à S. Clair,
   aux Breteaux,
En un mot dans ces lieux ſi charmans à la vûë,
Où lon trouve toûjours quelque fille perduë.

(il s'en va.)

GERONTE *ſeul.*

Octave pouroit bien en écrire à Damon,
S'il ſçavoit que Leandre eſt dans une priſon,
Pour éviter la choſe il eſt de ma prudence,

V iij

De l'en faire fortir en toute diligence ,
Je vais donner cet ordre à M. le Geolier...
Holà.

LE GEOLLIER *paroîst.*

Je fuis bien las d'avoir ce prifonnier ,
Il veut toûjours manger, le plaifant perfonnage
Il faut à tout moment lui donner du fromage ,
Je vous rends fon épée.

GERONTE *la prenant.*

Ah ! je la reconnois ,
C'éft celle dont pour lui j'ai moi même fait
    choix ,
Et qu'enfuite j'eus foin d'envoïer à fon pere
Vous ferez fatisfait & j'en fais mon affaire ,
Vous pouvez l'élargir & le conduire ici ,
Je veux examiner.....

SCENE X.

LE GEOLLIER *conduifant Arlequin*
ARLEQUIN, GERONTE.

ARLEQUIN *au Geollier.*

Que veut dire ceci ?
Où voulez-vous que j'aille ?

GERONTE.

Aprochez vous mon gendre ;

Gardez par le Docteur de vous laiffer furpren-
  dre ,
Je vous rends vôtre épée & j'ofe me flater ,
Que d'un efprit plus doux vous voudrez m'é-
  couter ,
Je vous ai deftiné ma fille en mariage.

ARLEQUIN.

Je fuis trop jeune encore pour me mettre en
  ménage ,
  (*il chante*) j'en mourrois &c.

GERONTE.

        Terminez de femblables difcours ,
Sans rime & fans raifon vous plaifantez toû-
  jours ,
Je prétens dés ce foir terminer cette affaire.

ARLEQUIN.

Puifqu'enfin vous croïez la chofe neceffaire ,
Je vous obligerai du meilleur de mon cœur ,
J'épouferai d'abord la fille du Docteur ,
La vôtre enfuite , vous , & toute la famille ,
  s'il le faut.

GERONTE.

        Il fuffit feulement de ma fille ,
Vôtre pere Damon homme de probité ,
A pour ce mariage avec moi contracté.

ARLEQUIN.

Mon pere dites vous, helas il s'eft fait pendre,
Il fut, quoiqu'honnête homme un peu fujet à
  prendre ,
C'eft-à-dire à voler , c'étoit fon feul défaut,

La Justice en public lui fit faire le saut,
Qu'il mourut noblement.

GERONTE.

Toûjours l'humeur boufonne,
Vous vous divertissez & je vous le pardonne.

ARLEQUIN.

Vôtre fille, à propos, n'a-t'elle point servi ?

GERONTE.

Non sans doute elle est sage.

ARLEQUIN.

Hé bien j'en suis ravi,
Je craignois de subir le destin de mon pere
Il n'y prit pas trop garde en épousant ma mere
Puisque trois mois aprés elle accoucha de moi,
Gardez de me tromper je suis de bonne foi.

GERONTE.

Que vous êtes badin c'est vôtre caractere,
Et vous aimez à rire ainsi que vôtre pere,
Mais n'aspirez point à vous entretenir
avec ma fille.

ARLEQUIN.

Oüida la belle peut venir.
                    [*Geronte entre.*)

Parbleu cette avanture est tout à fait comique,
Je suis un crocheteur de nouvelle fabrique,
Et jamais on n'en vit de si nobles que moi.

SCENE XI.

LEONORE, GERONTE, ARLEQUIN.

GERONTE.

LEonore venez.

(Leonore en voyant Arlequin jette un cri ,
Arlequin tombe à la renverse tout épouvanté.)

LEONORE.

Ciel qu'est-ce que je vois !
Ah le vilain magot !

ARLEQUIN *en colere.*

Sçavez vous bien ma femme ,
Que je vous frotterai sans craindre qu'on me
blâme ,
Cela vous convient-il , je ne suis point trom-
peur ,
J'ai fait *caca* sous moi , pourquoi me faire peur
J'ai blêmi , j'en suis sûr.

LEONORE *à Geronte.*

Quoi c'est là vôtre gendre ?
Mon mari prétendu.
GERONTE.
C'est le Seigneur Leandre.

LEONORE *bas.*

Helas! pourquoi faut-il qu'un deſtin rigoureux
Ait reſervé ma main à cet époux hideux,
Octave mieux que lui ſeroit ſûr de me plaire.

ARLEQUIN.

Venons au fait, ma fille & concluons l'affaire.

GERONTE.

Honorez-là du moins de quelque compliment.

ARLEQUIN.

Taupe, quand je m'y mets je parle élegamment
Et dans ce que je dis je ſuis toûjours ſincere.

(à Leonore.)

Madame, tout ainſi que le boureau ſevere
Attache un patient au funeſte gibet,
Et pour le dépecher lui ſert le ſiflet,
De même auſſi la belle.... au gibet de vos char-
  mes,
Vous m'avez attaché... car enfin mes allarmes..
Le ſoleil... de vos yeux... vôtre nez..., vôtre
  main...
Allons nous en ſouper, beau-pere, car j'ai faim.

LEONORE *bas.*

Je ſouffre en le voïant on ne peut davantage,
Juſte ciel qu'il eſt laid! le vilain perſonnage!

GERONTE *à Arlequin.*

Vous mangerez tantôt il n'eſt pas encore tems.

ARLEQUIN.

Je ſuis content, joïeux quand j'exerce mes dents

GERONTE.

Vous allez recevoir une lettre bien cher
De la part de Damon,

ARLEQUIN.

Qui Damon ?

GERONTE.

Vôtre pere.

ARLEQUIN.

Mon pere, comment donc seroit-il revenu ?
Aprés avoir été publiquement pendu.

GERONTE.

Octave depuis peu rendu dans cette ville,
Doit vous en remettre une.

Ah ! qu'il est imbécile,
Et moi j'épouserai cet objet odieux.

GERONTE *en voyant Octave sortir de la
maison.*

Le voici justement qui paroît à nos yeux.

SCENE XII.
OCTAVE, GERONTE,
ISABELLE, ARLEQUIN.

OCTAVE à *Geronte*.

Est-ce là le Seigneur Leandre ?

GERONTE.

C'est lui-même.

OCTAVE à *Arlequin*.

Enfin je vous rencontre & ma joïe est extrême,
Permettez s'il vous plaît que cet embrassement
Vous témoigne mon zele & mon empressement,
Vôtre pere Damon m'a chargé de vous rendre
Cette lettre.

ARLEQUIN *en recevant cette lettre*.

Monsieur je n'y puis rien comprendre,
Car je ne sçais pas lire en tout cas je l'aprens,
Elle me servira dans mes besoins pressans.

OCTAVE à *Geronte*.

Vôtre gendre Monsieur, dit qu'il ne sçait pas
lire,

GERONTE.

Ne voïez-vous pas bien qu'il ne se plaît qu'à
rire,

à *Arleq.*

[*à Arlequin.*]

Je vous laisse mon gendre & je rentre au logis.

ARLEQUIN.

Si vous allez manger, beau-pere, je vous suis.

GERONTE.

Il n'est pas encore tems.

ARLEQUIN.

   Qu'est-ce à dire beau-pere,
N'est-il pas toûjours tems de faire bonne chere,
Pour moi j'aime à manger du matin jusqu'au
 soir,
A la table toûjours je fis bien mon devoir.

GERONTE *en s'en allant.*

Quand on aura servi on viendra vous le dire.

LEONORE *à Arlequin.*

Entrez aussi Monsieur.

ARLEQUIN.

   Je ne fais que vous nuire
Si je restois ici je pourois vous troubler,
Peut-être tous les deux vous avez à parler,
Des époux de nos jours j'aime à suivre la mode
Et je me pique d'être un mari fort commode.

LEONORE.

Vous me ferez plaisir si vous sortez d'ici,
Car de certain secret il doit être éclairci,
Et je veux lui parler d'une affaire importante.

X

ARLEQUIN,

S'il ne faut que cela pour vous rendre contente,
Pour ne point vous gêner je confens à partir,
Mais quand vous aurez fait fongez à m'avertir,
Je vais en attendant vifiter la cuifine.

SCENE XIII.

OCTAVE, LEONORE.

OCTAVE.

Quoi, Madame, c'eft là l'époux qu'on
    vous deftine,
Il fera poffeffeur de vos divins apas,
Il va joüir d'un bien qu'il ne merite pas,
Son extrême bonheur excite mon envie.

LEONORE.

Il ne verroit jamais fon attente remplie,
S'il confultoit mon cœur pour s'unir à mon
    fort,
Plûtôt qu'y confentir je choifirois la mort,
Mais du deftin cruel telle eft la violence,
Que je dois mes malheurs à mon obéïffance.

OCTAVE.

Ah ne permettez pas que cet indigne époux,
S'affure d'un bonheur fi charmant & fi doux,

A la plus vive ardeur donnez la préference
Et bien loin d'aprouver un choix qui vous of-
    fense,
Arrachez vôtre main à ce monstre odieux,
Sur un plus tendre amant daignez jetter les yeux
Me faisant occuper une si belle place
A ma flame parfaite accordez cette grace.

LEONORE.

Quoi Monsieur, vous osez former un tel espoir,
Croïez vous que je puisse oublier mon devoir,
Je conçois les malheurs où cet himen m'expose
Mais enfin de mon sort mon pere seul dispose,
Vous avez autre part engagé vôtre cœur
Il ne doit point brûler d'une nouvelle ardeur.

OCTAVE.

Ah ! mon ame pour lors n'étoit pas prevenuë ,
Vos pas n'avoient pas encore frapé ma vûë ,
Les crimes de l'amour s'excusent aisement ,
Et je dois m'aplaudir d'un si beau changement.

SCENE XIV.

ARLEQUIN, OCTAVE. LEONORE.

ARLEQUIN.

VOus n'avez pas fini , c'est trop me faire at-
    tendre.

OCTAVE.

Vous venez à propos j'oubliois de vous rendre

Cinquante loüis neufs que m'a donné Damon,
Pour vous remettre en main.

A R L E Q U I N prenant la bourse.

Il est bon sur ce ton ,
Je reçois volontiers cette bourse garnie ,
Autant qu'il vous plaira tenez lui compagnie ,
Et poussez vôtre pointe , adieu le beau garçon ,
Je suis, vous le voïez , un mari sans façon.

(il rentre.)

O C T A V E vient.

Je ne vis de mes jours un époux plus affable.

L E O N O R E.

Ah! ne m'en parlez point je le trouve effroïable

O C T A V E.

Hé bien d'aucun espoir ne flatez vous mes feux
Et ne puis-je m'attendre à devenir heureux ?

L E O N O R E d'un air tendre.

Je me plais à vous voir, en secret je soupire ,
Que voulez vous de plus c'est assez vous en dire

O C T A V E.

Ah ! ce bonheur extrême égale mon amour.

L E O N O R E.

Mon pere dans ce lieu peut presser son retour ,
Cher Octave avec vous je crains d'être surprise.

O C T A V E.

Non ne redoutez rien l'amour nous favorise ,

C'est lui qui dans mon cœur vient d'allumer
ses feux.

LEONORE.

Entrons.

OCTATE *en lui donnant la main.*

Vous obéïr est tout ce que je veux.

SCENE XV.

LE DOCTEUR.

J'Ai tant couru qu'enfin j'ai sçu quelque nou-
    velle,
On m'a nommé le lieu qui renferme Isabelle,
C'est dans ce cabaret qu'elle a porté ses pas,
A ce funeste coup je ne m'attendois pas,
Qui m'eût dit que ma fille à la fleur de son âge,
Auroit eû du penchant pour le libertinage ?
Mais j'aperçois Geronte, il vient fort à propos.

SCENE XVI.

GERONTE, LE DOCTEUR.

LE DOCTEUR.

MAintenant, cher ami, j'ai l'esprit en repos
Isabelle est cachée en cette hôtellerie,
Ne partez point d'ici Geronte, je vous prie,

Car je veux devant vous lui faire la leçon,
Et la traiter ici de la bonne façon.

(il entre dans le cabaret de Colombine)

GIRONTE *seul.*

Hélas ! pauvre Docteur, ton fort est déplorable,
Le ciel m'a regardé d'un œil plus favorable ,
En donnant à ma fille un esprit mûr , rassis,
Elle n'écoute point les amoureux transis,
Qui bornent tous leurs vœux à tromper une
   belle ,
Leonore n'est point de l'humeur d'Isabelle ,
Elle sçait s'écarter d'un chemin trop battu ,
Et pratiquer les loix de l'austere vertu.

LE DOCTEUR *conduisant Isabelle.*

Je vous retrouve enfin, fille trop criminelle ,
Qui desertez ainsi la maison paternelle,
Vous avez par la fuite animé mon couroux,
Et mon ressentiment doit éclater sur vous.

ISABELLE.

Ah ! de grace calmez cette affreuse colere ,
Et ressouvenez vous que vous êtes mon pere.

LE DOCTEUR.

Contre ton procedé qui ne se recriroit ;
Pendarde, quoi déja tu cours le cabaret.

GIRONTE.

Docteur vôtre colere est juste & legitime,
Mais enfin croïez moi pardonnez lui son crime
Que servent les éclats , il vaut mieux filer doux
Il faut la presenter vous même à son époux,

Le plûtôt eſt le mieux & dans cette journée
Effacez cet affront par un prompt himenée ,
On ne peut pas ſçavoir tout ce qui s'eſt paſſé
Et vous ferez fort bien de paroître empreſſé.

LE DOCTEUR.

Mais Leandre...

GERONTE

Comment vous y penſez encore ,
Il a déja donné la main à Leonore ,
Ainſi n'attendez pas qu'il change de deſſein ,
Si vous vous en flatez vôtre eſpoir ſera vain ,
Je vais ſi vous voulez, apeler vôtre gendre.

LE DOCTEUR.

Hé bien ſoit. *(Geronte entre.*)

ISABELLE *bas.*

Juſte ciel ! qu'eſt devenu Leandre ?
Il a pour m'obtenir bien peu d'empreſſement ,
Et je dois mon malheur à ſon retardement.

SCENE XVII.

GERONTE , OCTAVE, ISABELLE, LE DOCTEUR.

GERONTE.

V Oici vôtre beau-pere avec la pretenduë.

OCTAVE *en regardant Isabelle.*

Quel objet en ce lieu se presente à ma vuë ?
Le Docteur veut me faire un joli present,
Il me prend pour un autre & le tour est plaisant,
Colombine tantôt m'a parlé de la belle ,
Feignons... Quoi c'est donc là la charmante
Isabelle ?

GERONTE.

Oüi, Monsieur , & voilà mon ami le Docteur.

LE DOCTEUR.

Ma fille avec raison peut vanter son bonheur ,
Puisque je lui destine un homme de meri e.

GERONTE *à Isabelle.*

Madame permettez que je vous felicite.

OCTAVE *à Isabelle.*

Madame permettez , qu'en qualité d'amant ,

Je vous témoigne ici mon tendre empreſſement,
Ce n'eſt point comme époux que je pretens pa-
    roître ,
Mon ardeur ſous ce nom le feroit mal connoî-
    tre ,
Et je dois autrement me preſenter à vous.

LE DOCTEUR.

C'eſt-à-dire , qu'il veut être amant quoiqu'é-
    poux.

ISABELLE.

Imiter vôtre exemple eſt ce que je deſire,
Et je ne craindraj point à mon tour de vous dire
Que le titre d'épouſe a pour moi peu d'apas,
Qu'en cette occaſion il ne me touche pas,
Que tout'autre pour moi feroit bien plus aima-
    ble.

GERONTE.

C'eſt aſſez mes enfans allons nous mettre à ta-
    ble ,
Entrons dans le logis.

ISABELLE *en entrant.*

    Ciel qui connoît mes feux,
Daigne , en parant ce coup, ſatisfaire à mes
    vœux.

OCTAVE *en entrant.*

Amour mon tendre cœur implore ta puiſſance,
Par un himen plus doux couronne ſa conſtance.

SCENE XVIII.

LEANDRE, SCARAMOUCHE,

LEANDRE.

Songeons à profiter d'un moment precieux,
Et sans plus differer abandonnons ces lieux,
Tout est prest pour partir, fais venir Isabelle.

SCARAMOUCHE.

En verité, Monsieur, l'action n'est pas belle,
Vous hazardez beaucoup en cette occasion,
Et l'on me pendra moi par conversation.

LEANDRE *en colere.*

Finis donc si tu veux, frape à l'hôtellerie.

SCARAMOUCHE.

Ne vous emportez pas, mon mignon, je vous
prie.
(*il frape.*)
Holà?

SCENE XIX.

PIERROT, LEANDRE, SCARAMOUCHE.

PIERROT.

QUe voulez-vous ?

SCARAMOUCHE.

Apellez promptement
La Dame en question.

PIERROT.

Vous vous moquez vraiment,
Elle n'est plus chez nous.

SCARAMOUCHE.

Comment que veut tu dire ?

PIERROT *en chantant.*

Elle est déja bien loin.

LEANDRE

Prens-tu plaisir à rire ?

PIERROT.

Non son pere, vous-dis-je, en propre original
Est venu la chercher, morgué qu'il est brutal

Il l'a d'un bon fouflet d'abord apoftrophée,
Et peu s'en eft fallu qu'il ne l'ait décoëffée.
Comment c'eft donc ainfi, difoit ce loup garou,
Sans ma permiffion que tu cours le guildou ?
Le Docteur pour cacher fon chagrin & fa honte
A fait entrer fa fille auffitôt chez Geronte,
Un étranger, dit-on, doit être fon époux,
Je le connois fort bien il a logé chez nous.
La pauvre fille avoit une grande trifteffe,
Auffi l'on ne doit pas débaucher la jeuneffe
Et cela n'eft pas bien pour moi je fors d'ici,
Que fçait-on, vous pouriez me débaucher auffi.
(il rentre.)

SCARAMOUCHE.

Hé bien, qu'en dites-vous ?

LEANDRE.

Ah ! que viens-je d'entendre ?
A cet affreux malheur aurois-je dû m'attendre ?
Mais malgré les efforts & les foins du Docteur
D'Ifabelle je veux être poffeffeur.
Tu fçais bien qu'Arlequin fous le nom de Léan-
dre,
Chez Geronte introduit fera bientôt fon gen-
dre,
Il faut pour pallier un important fecret,
Refpecter Arlequin te dire fon valet,
Tu verras aifément la charmante Ifabelle,
Et tu lui parleras de mon ardeur fidelle,
Une feconde fois tâche de l'enlever,
J'ai formé ce deffein & tu dois l'achever,
Entens-tu ?

SCARAMOUCHE.

Vous voulez que j'enleve Ifabelle,
Mais fi je fuis pendu.

Leandre.

LEANDRE.

C'est une bagatelle.

SCARAMOUCHE.

Oüi pour vous, mais pour moi cela change de
ton,
J'aimerois mieux avoir trente coups de bâton.

LEANDRE.

Fais ce que je te dis & sans te mettre en peine...

SCARAMOUCHE.

Scaramouche ! pour toi la potence est certaîne.

SCENE XX.

LE DOCTEUR, GERONTE, ISABELLE.

LE DOCTEUR à *Isabelle.*

DE mon juste couroux tu dois craindre l'effet,
Si tu veux t'obstiner à garder le secret,
Ne me déguise rien, de toi je veux aprendre
Le nom du ravisseur, répons moi.

ISABELLE.

C'est Leandre,
Qui cedant à l'ardeur dont il brûle pour moi,
Par ma fuite a voulu s'assurer de ma foi,
Lui même m'a conduit dans cette hôtellerie.

Y

GERONTE.

C'eſt un peu trop avant pouſſer l'effronterie ;
Le moïen de la croire il étoit en priſon
Dans le tems qu'Iſabelle a quitté la maiſon.

LE DOCTEUR.

Tu veux m'en impoſer méchante creature,
Je ſuis perſuadé....

ISABELLE.

                  C'eſt la verité pure,
Oüi mon pere, c'eſt lui qui poſſede mon cœur,
Et je ne puis goûter un ſolide bonheur,
Si pour combler mes vœux le nœud de l'hy-
   menée,
Au ſort de cet amant n'unit ma deſtinée.

GERONTE.

Je vous plains, mais pourquoi vous flater de
  l'avoir,
N'y comptez plus la belle & perdez cet eſpoir,
Car Leandre ſera l'époux de Leonore.

ISABELLE *à Geronte.*

Cruel vous m'arrachez à l'objet que j'adore,
Si rien ne peut changer les rigueurs de mon ſort
Barbare je ſçaurai recourir à la mort.

LE DOCTEUR.

Ma fille il n'eſt plus tems de ſonger à Leandre,
Puiſqu'Octave eſt ici je ne puis me défendre
De te donner à lui.

ISABELLE.

       Quoi vous ne voulez pas

Autorifant mon choix détourner mon trepas.

SCENE XXI.

SCARAMOUCHE, GERONTE, LE DOCTEUR, ISABELLE.

SCARAMOUCHE.

Messieurs vous n'avez pas l'honneur de me
    connoître,
Excufez, dans ce lieu je viens chercher mon
    maître.

ISABELLE *bas.*

C'eft Scaramouche, helas ! que vient-il faire ?

SCARAMOUCHE *à ifabelle.*

Je vais feindre avec eux, diffimulez auffi.
       [*haut.*)
On m'a dit qu'il étoit chez Monfieur fon beau-
    pere,
Je voudrois lui parler d'une petite affaire,
Eft-il dans le logis ?

GERONTE.

        Comment le nomme-t'on ?
Je ne le connois pas.

SCARBMOUCHE.

        C'eft le fils de Damon,
Leandre.

LE DOCTEUR *tirant Scaramouche*
     à quartier.

Parlez moi sans fard, je vous en prie,
A - t'il conduit ma fille en une hôtellerie ?

SCARAMOUCHE *en montrant isabelle.*

Oüi sans doute & voilà la Dame en question,
Mais il n'a jamais eu mauvaise intention
Et c'étoit seulement pour lui païer feüillette.

GERONTE.

Cette civilité me paroît indiscrette
Il étoit en prison vous l'accusez en vain.

SCARAMOUCHE.

Je vous jure Monsieur que rien n'est plus cer-
tain,
Il m'en a donné l'ordre & pour le satisfaire,
J'ai moi même prêté la main à cette affaire.
GERONTE.
Le voici justement qui vient de ce côté.

SCENE XXII.

ARLEQUIN, SCARAMOUCHE ISABELLE, GERONTE.

SCARAMOUCHE *allant au-devant
d'Arlequin.*

DE vos commissions je me suis acquitté,
J'ai porté vôtre lettre à Monsieur le Vi-
comte,
Et venois vous chercher chez le Seigneur Ge-
ronte,
Je vous ai bien servi.

ARLEQUIN *à Geronte.*
Que dit donc ce benet ?
GERONTE.

Quoi vous méconnoissez jusqu'à vôtre valet ?

ARLEQUIN.
Mon valet dites vous ? je n'en eus de ma vie.
SCARAMOUCHE *à Arlequin.*
Vous pouvez m'emploïer au gré de vôtre envie
Je vous obéïrai, je sçai trop mon devoir,
Pour manquer au respect qu'un valet doit avoir
ARLEQUIN.
Je ne sçai ce que c'est, & c'est me faire outrage
Que vouloir d'un valet grossir mon équipage,
Cet affront est trop grand, & comment le souf-
      frir ?
Quoi donc lorsque je puis à peine me nourrir,
Il faut que j'entretienne encore un domestique?
SCARAMOUCHE.
Que dites-vous, Monsieur, quelle mouche vous
      pique ?
Vous me desavouez, & ne connoissez pas...
ARLEQUIN.
Encore un coup, mon cher, ta tête n'est pas
      saine,
Et c'est mal à-propos me causer de la peine.
GERONTE *à Arlequin.*
Mon gendre j'ai bien lieu de me plaindre de
      vous,
Vous manquez un peu trop au devoir d'un époux
ARLEQUIN.
Croïez vous que toûjours on y puisse suffire,
Vous parlez à vôtre aise & je vous laisse dire.
GERONTE.
Vous avez enlevé la fille du Docteur.

LE DOCTEUR.

C'eſt trop ſenſiblement offenſer mon honneur ,
Quel deſſein aviez-vous , dites-moi , je vous
  prie ?
Pourquoi mener ma fille en une hôtellerie ?

ARLEQUIN *en riant.*

Nouvelle viſion , vous êtes fols tous deux ,
Vous me feriez rougir ſi j'étois plus honteux ,
Il n'en eſt rien.

LE DOCTEUR.

En vain vous voulez vous défendre ,
Qui fut ton raviſſeur Iſabelle ?

ISABELLE.

                          Leandre.

ARLEQUIN *à Iſabelle.*

Je vous ai , dites-vous , conduite au cabaret ?

SCARAMOUCHE.

Oüi vous même, Monſieur , & j'étois du ſecret
Comme un valet zelé.

ARLEQUIN *prenant un bâton.*

          Puiſque je ſuis ſon maître ,
Il faut que de mille coups que je charge ce traître ,

   (il frape Scaramouche de toute ſa force.)

SCARAMOUCHE *en criant.*

Helas ! je n'en puis plus je ſuis tout fracaſſé ,
Et j'ai, je le ſens bien , le croupion caſſé.

GERONTE.

Monſieur qu'avez vous fait ?

ARLEQUIN *en ſe promenant.*

          Quand un valet m'obſtine ,
Je ne puis m'empêcher de frotter ſon échine.

GERONTE.

Allons retirons nous , & rentrons au logis ,
Je vous laiſſe mon gendre.

ARLEQUIN.

            Attendez je vous suis.
*(ils rentrent, Arlequin veut les suivre, Sca-
ramouche l'en empéche.)*

SCARAMOUCHE.

Mon maître demeurez j'ai deux mots à vous dire
Vous m'avez donc battu ?

ARLEQUIN.

            Bon ce n'est que pour rire,

SCARAMOUCHE.

Sçais-tu, magot fieffé, vilain finge habillé,
Que je ne fus jamais de la forte étrillé,
Ton bras audacieux m'a roffé d'importance,
Et je veux fur ton dos reparer cette offenfe.

*(il donne des coups de bafton à Arlequin
qui crie & s'enfuit, tous deux entrent
chez Geronte.)*

Fin du fecond Acte.

ACTE III

___

SCENE PREMIERE.

LE THEATRE REPRESENTE

l'Apartement de Geronte.

SCARAMOUCHE, ISABELLE.

SCARAMOUCHE.

Oui, mon maître, Madame, épris de vos apas,
Sera dans ses amours constant jusqu'au trepas,
Sa lettre en dit assez vous n'avez qu'à la lire
Vous enlever encore est tout ce qu'il desire,
A vôtre destinée il veut unir son sort,
Enfin il est si tendre & vous aime si fort
Qu'il ne fait tout le jour que soupirer & braiie.

ISABELLE *aprés avoir lû.*

Je n'ai d'autre dessein que celui de lui plaire,
Tu peu t de ma tendresse assurer mon amant,
Dis-lui que je l'attens avec empressement,
Que pour me garantir du coup qui me menace,
Il n'est rien aujourd'hui que je ne fasse.

SCARAMOUCHE.

Je vais lui faire part de ce bon sentiment
Et nous allons songer à vôtre enlevement,
J'en viendrai bien à bout, ne soïez point en
    peine.

ISABELLE.

J'attens tout de tes soins.

SCARAMOUCHE *en s'en allant.*

           Adieu la belle heleine,

ISABELLE *seule tenant la lettre de Leandre.*

Quand pourai-je vous voir cher objet de mes
    feux,
Sans vous les plus beaux jours me paroissent
    affreux,
Leandre répondés à mon impatience,
Je ne puis plus long tems suporter vôtre ab-
    sence,
Ne differez donc plus offrez vous à mes yeux,
Et venez m'affranchir d'un pouvoir odieux.

SCENE II.

LE DOCTEUR *vient tout doucement,
& arrache la lettre qu'Isabelle tient entre
ses mains, Isabelle voyant son pere, s'enfuit toute épouvantée.*

LE DOCTEUR.

QUe veut dire ceci ? ma fille prend la fuite,
J'ai lieu de soupçonner sa mauvaise con-
    duite,
Mais lisons promptement, je veux être éclairci

Du sujet qui l'oblige à m'éviter ainsi. (*il lit.*)

*L'amour qui ne trouve rien d'impossible,
m'offrira un nouveau moïen pour m'assurer
de vous, malgré tous les obstacles que l'on op-
pose à ma tendresse. Si vous êtes dans la reso-
lution de me suivre, ne manquez pas de me
faire sçavoir vos sentimens, & je prendrai
de justes mesures pour vous enlever, & vous
derober au pouvoir tirannique d'un pere qui
veut contraindre vôtre inclination. Adieu
ma charmante, j'attens vôtre réponse, &
suis vôtre fidele amant,*

LEANDRE.

Quoi le sort à mes vœux sera toûjours con-
   traire,
Isabelle m'outrage & cherche à me déplaire,
Leandre de nouveau veut me deshonorer,
A de cuisans chagrins je dois me preparer.

SCENE III.

GERONTE, LE DOCTEUR.

LE DOCTEUR.

MAlgré tous vos efforts, je vois bien que
   Leandre,
Ne peut, mon cher ami, devenir vôtre gendre
Il aime trop ma fille & je le connois bien
Puisque de l'enlever il cherche le moïen,
Cette lettre m'en donne une preuve évidente.

GERONTE.

Contre ce fcelerat ma colere s'augmente,
Voïons un peu la lettre.
(*le Docteur lui donne la lettre, Geronte lit.*)
LE DOCTEUR.
    Hé bien qu'en dites-vous,
GERONTE.
Je dis que de ma fille il doit être l'époux,
Et que je veux avant la fin de la journée,
Conclure quoiqu'il faffe un fi jufte hymenée.
Mais le voici qui vient.
LE DOCTEUR.
     Ne le menagez pas,
Parlez lui comme il faut,

SCENE IV.

ARLEQUIN, GERONTE,
LE DOCTEUR.

GERONTE *d'un air fier.*

A La fin je fuis las
De me voir méprifé par vous de cette forte,
Corbleu fi contre vous la fureur me tranfporte,
Vous vous repentirez de m'avoir infulté,
Eft-ce ainfi qu'on foutient fon rang, fa qualité!
ARLEQUIN.
Le rang de crocheteur eft glorieux, fublime.
GERONTE.

Comment prétendez-vous meriter mon eftime?

Vous ne rougiſſez point du nom de ſuborneur,
Et voulez enlever la fille du Docteur.
Ne vous défendez point, cette choſe eſt trop
 ſeure,
Et d'ailleurs je connois vôtre écriture,
La credule Iſabelle approuve vos deſſeins,
Et ſon pere a ſurpris la lettre entre ſes mains.

ARLEQUIN.

Je ne ſçais mon ami ce que vous voulez dire,
Vous m'accuſez à tort je ne ſçais pas écrire,
Que faut-il que j'épouſe ?

GERONTE.

En pouvez vous douter ?
Ma fille.

ARLEQUIN.

Er pourquoi donc tant vous inquieter ?
Je l'épouſerai moi s'il le faut.

GERONTE.

Mais vous avez écrit.

ARLEQUIN,

Non vous dis-je, ou je meurs,
Je ne ſçais ce que c'eſt.

LE DOCTEUR.

A quoi bon le nier,
Vôtre nom eſt pourtant ſigné ſur du papier
Et ſi vous en doutez, liſez.

ARLEQUIN.

Autre délire,
Ne vous ai-je pas dit que je ne ſçavois pas lire,
Sans cela, par ma foi, j'euſſe été Bachelier.

LE DOCTEUR.

Vous raillez & cela commence à m'ennuyer.

ARLEQUIN.

Ma nobleſſe m'ennuye encore davantage
 (il tire de ſa poche un morceau de fromage,
 & ſe met à manger.

Geronte.

GERONTE.

Qu'eſt-ce que vous mangez ?

ARLEQUIN.

Un morceau de fromage
Que j'ai trouvé la bas, mais il eſt trop petit,
Pour aſſouvir l'excés de mon grand appetit,
Il eſt tems de ſouper, allons nous mettre à table
Beau-pere.

GERONTE.

Vous avez un eſtomach de diablē.

ARLEQUIN.

Je n'ai fait aujourd'hui que quatorze repas
Avant qu'entrer chez vous je n'étois pas ſi gras

LE DOCTEUR.

Promettez moi, Monſieur, de ne rien entre-
prendre,

ARLEQUIN.

Moi ſi j'entreprens rien puiſſiez vous me voir
pendre,
Voilà ce qui s'apelle un terrible ferment.

LE DOCTEUR.

C'eſt aſſez.

ARLEQUIN.

Vous voyez je jure noblement.

Z

SCENE V.

LEANDRE, SCARAMOUCHE
Le Theatre represente la ruë.

SCARAMOUCHE.

Vous pouvez enlever vôtre belle fabine,
J'ai fait, pour s'y refoudre, effai de ma
doctrine,
Je n'ai point vainement employé mon fçavoir,
Et je me fuis fenti tout à coup émouvoir,
Lorfqu'elle m'a parlé de fa vive tendreffe,
A ce que je puis voir elle n'eft pas tigreffe.

LEANDRE.

Les chevaux font tous prefts, entrons il en
eft tems,
Puiffe le tendre amour rendre mes vœux con-
tens.
Suis-moi.

SCARAMOUCHE.

Déja la nuit étend fes fombres voiles,
Et bientôt dans le ciel va cloüer des étoiles.
(*ils entrent chez Geronte.*

SCENE VI.

COLOMBINE , PIERROT.

COLOMBINE.

TU dis que chez Geronte Arlequin est logé.

PIERROT.

Oüi vraiment je l'ai vû mais il est bien changé
Il fait presentement l'homme de consequence ,
Et doit être en état de payer sa dépense.
Le drôle qui tantôt avoit l'air d'un faquin ,
A contre un bel habit changé son casaquin ,
Mais la metamorphose est-elle surprenante ?
Dans ce siecle inconstant la fortune est chan-
geante ,
Tel portoit des sabots qui devient Financier ,
Je pourois bien troquer d'habit & de métier ,
Je sçai signer mon nom , ce n'est pas peu de
chose ,
Je connois un Monsieur qu'on apelloit la Rose ,
Qui se donne des airs & passe pour Marquis ,
Si tu sçavois combien de Jasmins dans Paris ,
Occupent des Hôtels & font belle figure.

COLOMBINE.

Je sçais bien que plusieurs sont chargez de do-
rure ,
Qui d'un gros habit brun , revetûs simplement ,
Prenoient à la gargotte un modique aliment ,
Ce n'est pas aujourd'hui le merite qui brille ,
La volage fortune enrichit la mandille ,
Souvent les plus abjets sont comblez de ses dons

Et la trifte vertu languit fous les haillons.
A nôtre debiteur allons rendre vifite ,
Surtout ne manquons point de vanter fon merite
Puifqu'il a du bonheur & n'eft plus indigent ,
Il faut que nous portions refpect à fon argent ,
C'eft la regle un faquin merite qu'on le fronde
Mais un riche eft toûjours eftimé dans le monde

(*ils entrent chez Geronte.*)

SCENE VII.

NUIT.

LE THEATRE CHANGE,

*& reprefente l'apartement de Geronte,
on y voit une table dans le fond
couverte d'un tapis.*

ARLEQUIN *feul.*

JE viens de voir la bas ce Monfieur fi plaifant,
Qui m'a de fon habit fait tantôt un prefent.
Il n'en faut point douter il vient pour le re-
    prendre ,
S'il me dépoüille helas ! je ne fuis plus Leandre
Quelques coups de bâtons ne me manqueront
    pas ,
Et je ne ferai plus de fi friands repas.
Il me faudra quitter cet aimable cuifine ,
Cette reflexion m'agite & me chagrine ,
Je ne mangerai plus ces ragouts excellens ,
Surtout ces macarons exquis & fuculens.

Je reprendrai pour lors mon état miferable....
Pour éviter ce coup cachons nous fous la table.

(il marche à taftons & fe va cacher fous la table.)

SCENE VIII.

OCTAVE, LEONORE, MEZETIN.

OCTAVE.

NE répondrez vous point à mon empreffe-
ment,
Craignez vous de me faire un aveu trop char-
mant,
Tout fe difpofe ici pour vôtre mariage,
Pour vous faire expliquer, que faut-il davan-
tage ?
Ah ne permettez pas qu'un trop indigne époux
Joüiffe d'un bonheur fi parfait & fi doux.

LEONORE.

Octave je ne puis plus long tems me contrain-
dre,
Et je vous aime trop pour avoir rien à craindre
Plûtôt que d'obéïr à cet ordre inhumain,
Un poignard de la mort m'ouvrira le chemin,
Dans mes yeux languifans vous avez dû con-
noître,
Les feux que dans mon cœur vous même avez
fait naître,
Ils vous ont dit affez mes peines, mes tourmens
Et rien n'exprime mieux de tendres fentimens,

MEZETIN.

Elle a raiſon les yeux parlent mieux que Voi-
  ture,
C'eſt un ſtil coulant, une éloquence pure.
OCTAVE.

Puiſque vous m'aſſurez de l'excez de vos feux
Je n'ai rien à prétendre & je ſuis trop heureux
Evitez le malheur qu'un pere vous prepare
Et que de ce ſejour la fuite vous ſepare
La nuit ſecondra nôtre juſte projet.
MEZETIN

Madame nous ferons un fort petit trajet
Nous n'irons ſeulement que juſqu'à l'Amerique
Et là nous peuplerons d'un eſprit pacifique.
LEONORE.

Je ne puis reſiſter à mon charmant vainqueur,
Octave vous avez tout pouvoir ſur mon cœur,
Je vous ſuivrai par tout.
MEZETIN.

   Quel heureux caractere !
Les filles de Lyon ont l'humeur débonnaire,
Dans ce qu'on leur propoſe elles ſont ſans façon
Et chante quelquefois ſur le ton de *flon flon.*

OCTAVE *lui donnant la main.*

SCENE IX.

ISABELLE, LEANDRE SCARAMOUCHE, OCTAVE, LEONORE, MEZETIN.

ISABELLE.

PArtons, mon cher Leandre,
Et quittons pour jamais cet odieux sejour.
LEANDRE.
Profitons d'un moment acbordé par l'amour
Et ne redoutez rien, adorable Isabelle.
Suivez-moi.... (*en marchant il heurte Octave.*)
       Mais quelqu'un fait ici sentinelle.
OCTAVE.
Leandre est en ces lieux, le traître assurement,
Vient ici s'opofer à cet enlevement,
Mais je fçaurai punir un rival temeraire.
LEANDRE *mettant l'épée à la main.*
Qui va là ?
       O C T A V E *mettant l'épée à la main.*
         Maintenant fonge à me fatisfaire,
Je fuis Octave.
LEONORE *à Octave.*
         Hélas arrêtez, cher amant...
LEANDRE.
Je fuis preft à répondre à ton empreffement.
ISABELLE *à Leandre.*

Ah ! vous n'y penfez pas qu'allez vous entre-
     prendre ?

LEANDRE.

Octave de ce fer prens soin de te défendre.
(*Isabelle s'enfuit Leonore fait de méme.*)
ISABELLE *en fuyant.*
Juste ciel !
(*Octave & Leandre se battent, Scaramouche &*
Mezetin par leurs postures & grimaces temoignent la
peur qu'ils ont.)

SCARAMOUCHE.

Patatrouf, tirez un peu plus bas,
Messieurs je vous conjure, & ne me blessez pas.

(*Leandre blesse Octave au bras & voyant venir de*
la lumiere Leandre se retire de l'autre costé.)

SCENE X.

LE DOCTEUR , GERONTE ,

tenant des chandeliers d'argent qu'ils
posent sur la table.

MEZETIN *faisant le brave à contre -tems.*

LE coquin a bien fait de décamper sur l'heure
Car j'allois le percer au gezier ou je meurs.

(*Octave lit son mouchoir à son bras.*)

GERONTE

Qu'est-il donc arrivé? tirez-moi de l'embaras.
MEZETIN *voyant Octave blessé.*
Ciel ! mon maître est blessé, qu'il n'y revienne
pas ,

Car il verra beau jeu
LE DOCTEUR.
Quel est donc ce mistere ?
Mais j'aperçois du sang
OCTAVE.
La blessure est legere.
SCARAMOUCHE *à Octave.*
Si je n'avois paré le coup s'en étoit fait,
Vous seriez à present trepassé tout à fait.
OCTAVE.
Leandre m'a blessé, sa valeur est extréme,
Et je ne craindrai point de l'avoüer moi-même
Mais il ne devoit point aprés ce qu'il a fait,
S'éloigner & laisser le combat imparfait.

SCENE XI.

LEONORE *d'un costé*, ISABELLE *de l'autre*, OCTAVE, LE DOCTEUR, GERONTE, MEZETIN, SCARRAMOUCHE.

ISABELLE *se mettant à genoux devant le Docteur.*

MOn pere devant vous vous voyez Isabelle
D'un amour violent victime trop fidelle,
Envain vous prétendez gêner ma tendre ardeur
Je ne puis obéïr ni contraindre mon cœur,
J'avoüerai que Leandre est l'objet de ma flâme
Que cet amant a sçu triompher de mon ame,
Et que malgré les loix d'un austere devoir,

Je ne reconnois plus vôtre abſolu pouvoir.
Ne me refuſez point la grace que j'implore,
Je ne veux que Leandre, oüi c'eſt lui que j'a-
    dore,
Et ſi vous refuſez d'unir mon ſort au ſien
Je regarde la mort comme un ſouverain bien.

L E O N O R E *à genoux devant Geronte.*

Mon pere puiſqu'il faut qu'à mon tour je m'ex-
    plique,
Je ne ſubirai point une loi tiranique,
Souffrez que reſiſtant à cet ordre inhumain
Je refuſe à Leandre & mon cœur & ma main.
Octave a ſeul trouvé le ſecret de me plaire,
Et mes yeux parleroient quand je voudrois me
    taire,
Ne vous opoſez point à mes vœux les plus doux
Et ne me forcez pas à prendre un autre époux.

G E R O N T E.

Comment c'eſt donc ainſi que tu trompe ton
    pere ?
Coquine, peut s'en faut que ma juſte colere...

                    (*il leve ſa canne.*)
O C T A V E *l'arreſtant.*

Ah ! de grace, arreſtez, moderez ce tranſport
Vous n'êtes plus, Monſieur, le maître de ſon
    ſort,
Et quand vous offenſé la beauté qui m'engage,
C'eſt ſur moi qu'à preſent retombe tout l'ou-
    trage.
L E D O C T E U R.

Nous ne ſommes donc plus maîtres de nos
    enfans ?

GERONTE.

Sur ma fille mes droits feront toûjours puiffans
Je veux qu'elle obéïffe...

MEZETIN.

Attendez-la fous l'orme
Vous n'êtes tous deux peres que pour la forme.

LE DOCTEUR.

Mais où donc eft Leandre ?

ARLEQUIN *fe faifant voir fous la table.*

Hélas je fuis ici.

GERONTE.

Pourquoi vous cachez vous, que veut dire ceci?
Hé bien que faites vous ?

ARLEQUIN·

Qui moi, je me promene.

LE DOCTEUR.

Venez aprochez vous pour nous tirer de peine.

OCTAVE *mettant l'épée à la main.*

Allons il faut combatre une feconde fois.

ARLEQUIN *tremblant.*

Oh ie ne me bat pas fi fouvent que je bois
Je fuis trop fatigué, difpenfez m'en de grace,
Vous vous repentiriez, mon cher, de vôtre au-
dace.

LE DOCTEUR.

Aprés avoir donné des marques de valeur
Ofez vous refifter.

ARLEQUIN ,

Ma foi c'est que j'ai peur.

LE DOCTEUR.

Mais vous l'avez blessé, le devoir vous engage
A faire de nouveau briller vôtre courage,
Ne le refusez pas.

ARLEQUIN.

Cet homme est trop pressé,
Je pourois le tuer, mais où l'ai-je blessé?

GERONTE.

Au bras.

ARLEQUIN.

C'est justement ma botte favorite.

OCTAVE.

Je me défenderai bien la blessure est petite.

ARLEQUIN.

J'ai la main dangereuse & je ne voudrois pas
Par un funeste coup causer vôtre trepas,
Au prochain cabaret allons boire chopine.
Oh ciel je suis perdu, j'aperçois Colombine !

Scene 12.

SCENE XII.

COLOMBINE , PIERROT , LE DOCTEUR, GERONTE, OCTAVE, ISABELLE, LEONORE, ARLEQUIN, MEZETIN, SCARAMOUCHE.

COLOMBINE *à Arlequin.*

Vous plairoit-il , Monſieur , païer mes dix
    écus ,
Le tems eſt expiré.

ARLEQUIN *faiſant ſemblant de ne pas voir,*
    Colombine s'adreſſe à Octave.
    Mon cher n'en parlons plus.

PIERROT *à Arlequin.*

Ma femme parle à vous, monſieur le gentilhom-
    me ,
Il eſt tems ou jamais d'acquitter cette ſomme,
Lorſque vous aviez l'air d'un pauvre marmiton
Pierrot vous tutoïoit & joüoit du bâton ,
Mais puiſque depuis peu vous avez fait fortune.

ARLEQUIN *d'un air fier.*
Mon cher , vôtre preſence en ces lieux m'im-
    portune ,
Allez retirez vous.

Aa

COLOMBINE.

Le tour est fort pasquin,
Avez-vous oublié qu'on vous nomme Arlequin
Que je vous ai nouri dans mon hôtellerie,
Et que vous me devez ....

GERONTE.

Vous vous trompez ma mie.

COLOMBINE.

Je ne me trompe pas & je veux de l'argent.
Ou sur l'heure je vais apeler un Sergent.

SCARAMOUCHE.

La méche se découvre.

MEZETIN.

Allons Monsieur Leandre,
Parbleu quand on emprunte il est juste de rendre.

PIERROT.

Monsieur Leandre & fi, vous vous gauffez de
nous,
Et c'est trop honorer le Sindic des Filoux,
C'est Arlequin, vous-dis-je

ARLEQUIN.

O himé, je frissonne.

GERONTE à *Arlequin*.

Vous ne répondez rien ce silence m'étonne.

ARLEQUIN à *Scaramouche*.

Mon valet donnez lui quelques coups de bâton.

SCARAMOUCHE en *se mocquant de lui*.

Oh! ce n'est plus le tems Monsieur le marmiton.

PIERROT *à Arlequin.*

Vous vous donnez des airs , ça , ma femme , au
  pillage ,
Dépoüillons ce Monsieur.

MEZETIN.

Tu n'oferois , je gage.

PIERROT.

Je n'oferois , morgué je suis entreprenant.

[*Pierrot & Colombine deshabillent Arlequin
qui reste en chemise.*]
Il a justement l'air d'un Carême-prenant.

GERONTE.

Je suis tout hors de moi.

PIERROT.

Le joli perfonnage
C'est Monsieur Arlequin Gentilhomme fauvage.

SCENE DERNIERE.

LEANDRE , GERONTE, LE DOCTEUR,
ISABELLE , LEONORE, OCTAVE,
ARLEQUIN , PIERROT ,
COLOMBINE , MEZETIN,
SCARAMOUCHE.

LEANDRE *à Geronte.*

VOus avez trop long tems été par moi trom-
  pé ,
Je prétens qu'à vos yeux tout foit dévelopé ,
L'erreur étoit trop grande , il ne faut plus rien
  taire ,

Aa ij

Je vais en peu de mots éclaircir ce mistere.
C'est moi qui suis Leandre, épris de cet objet,
(*en montrant Isabelle.*)
Mon cœur depuis dix jours, brûle d'un feu
  secret,
Cet autre est Arlequin un pauvre miserable,
Qui l'avoit attiré chez Monfieur le Docteur.
ARLEQUIN.
Je vous l'avois bien dit que j'étois crocheteur,
Est-ce ma faute à moi vous n'en vouliez rien
  croire,
Mais, Monfieur s'il vous plaît, achevez vôtre
  histoire.   LEANDRE.
Prés de cette beauté l'amour m'avoit conduit,
Arlequin quelque tems fût caché fous un lit,
Dans cet apartement le Docteur vint fe rendre,
Et comme il auroit pû prés d'elle me furprendre
Je voulus me cacher.
ARLEQUIN.
Pour moi j'étois deffous
Lui derriere, d'abord le Docteur vient à nous
Il me voit, ma figure l'épouvante,
Leandre en est furpris, à lui je me prefente,
(*en montrant Leandre.*)
Je fais de mes malheurs un fidel recit,
Enfuite il me contraint de prendre fon habit
J'ai beau lui refifter & faire la grimace,
Je ne puis reuffir, il jure, me menace,
Il lui faut obéïr pour éviter les coups.
(*au Docteur.*)
Vous le faites fortir moi je refte chez vous
Caché derriere un lit par malheur j'éternuë,
Sous cet habit doré je m'offre à vôtre vûë,
Vous me faites foüiller par Meffieurs vos valets
Que pour bien m'étriller faifoient de grands
  apréts.

Vous trouvez une lettre & me nommez Leandre,
Vous voulez malgré moi me faire vôtre gendre
Moi je confens à tout pour n'être point battu,
Car je m'en souçiois autant que d'un fetu,
Geronte ne veut pas que j'époufe Ifabelle,
Et pour femme prétens me donner cette belle.
(*en montrant Leonore.*)
On me met en prifon , & l'on m'en fait fortir,
Aux défirs du vieillard je feins de confentir,
Bref jufqu'à prefent j'ai paffé pour Leandre,
Mais je fuis Arlequin ne me faites pas pendre,
Meffieurs, car aprés tout en ferez vous plus
gras.

GERONTE.

Il le faut avoüer , je ne le croïois pas ,
Mais Leandre à la fin me tiendrez vous parole ?

LEANDRE.

Si vous vous en flatés vôtre efpoir eft frivole.

LE DOCTEUR.

Octave répondés , quel eft vôtre deffein ?
A ma fille aujourd'hui donnerez-vous la main?

OCTAVE.

Un plus aimable nœud m'attache à Leonore,
Et vous n'ignorez pas Monfieur , que je l'adore
Ainfi n'en parlons plus mon feu vous eft connu,
Je ne veux point d'un cœur par un autre obtenu

ISABELLE *au Docteur.*

Pourquoi vouloir contraindre un flame fi belle
Déclarez vous mon pere en faveur d'Ifabelle ,
Je vous ai découvert mes tendres fentimens,
Hatez-vous de répondre à mes empreffemens.

LEONORE *à Geronte.*

A mes juftes défirs ferez vous inflexible ,
Ne gênez point mes feux & montrez vous fen-
fenfible ,
Mon pere de vous feul dépēd tout mon bonheur

Ne tiranifez point une fidelle ardeur.

PIERROT.

Cela me fait pitié, car j'ai le cœur fort tendre.

(*à Geronte.*)

Bon homme moliffés il eft tems de fe rendre.

LE DOCTEUR.

Ne nous obftinons pointà troubler leurs plaifirs
Geronte uniffons les au gré de leurs defirs,
Un cœur que l'on contraint fouffre de rudes
  peines,
L'himen ne doit avoir que d'agreables chaînes
Imitez mon exemple & daignez en ce jour
Par un heureux lien fatisfaire à l'amour.

GERONTE.

Octave s'en eft fait je vous reçois pour gendre,
Mais je veux qu'à l'inftant , vous embraffiez
  Leandre.

OCTAVE.

A vôtre volonté je m'accorde aifément,
Et je veux lui jurer par cet embraffement...

[*il va pour embraffer Leandre.*)

A R L E Q U I N *fe prefentant à Octave.*

Je vous fuis redevable autant qu'on le peut être

SCARAMOUCHE.

On parle de Leandre il croit être mon maître,
Hors de là marmiton.

L E A N D R E *embraffant Octave.*

        Je ne puis qu'admirer
Les bontez dont ici vous voulez m'honorer.

COLOMBINE.

Le crocheteur me doit j'ai fon habit en gage,
Il vaut bien dix écus.

ARLEQUIN.

        Quoi madame Tapage
Vous voulez le garder?

LEANDRE à *Colombine*.

Rendez lui cet habit,
J'aurai soin de païer.

ARLEQUIN.

Morbleu qu'il a d'esprit,

PIERROT à *Leandre*.

Cela suffit, Monsieur, la caution est bonne.

ARLEQUIN à *Leandre*.

Les cinquante loüis, Monsieur.

LEANDRE.

Je te les donne,
Et te prens avec moi.

ARLEQUIN.

Par ma foi tout va bien
L'emploï de crocheteur m'a procuré du bien.

MEZETIN.

Ce diable d'Arlequin est plus heureux que sage

LE DOCTEUR à *Geronte*.

Célebrons, cher ami, ce double mariage,
Que les jeux, les plaisirs ici s'assemblent tous,
Rions, chantons, dansons & réjoüissons nous.

PIERROT.

Morgué vive la joïe, allons faisons la nôce,
Et qu'Isabeau bientôt soit relevée en bosse.

GERONTE.

Du divertissement que je fais aprêter,
Attendant le souper nous pouvous profiter.
Qu'on fasse entrer ici les Bergers & les Bergeres.

ARLEQUIN.

Puissent de leurs enfans ces messieurs être peres.

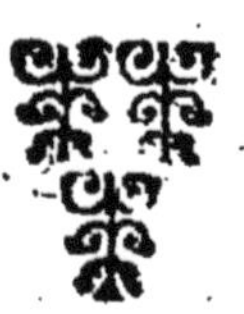

LE THEATRE CHANGE,

& represente un jardin délicieux, orné de Berceaux, les violons joüent une marche, des Bergers & des Bergeres entrent avec la Chanteuse.

LA CHANTEUSE.

Tous les Bergers de nos hameaux
  Sont tendres & fideles,
Aux Bergeres sous les ormeaux,
Ils jurent chaque jour des ardeurs éternelles,
Ils n'ont jamais de maîtresses nouvelles,
Et leurs feux sont toûjours nouveaux.

Un Berger danse avec une Bergere.

LA CHANTEUSE.

Un jeune Berger l'autre jour,
  Avec sa voix accordoit sa musette,
Il me vit & je sçus l'enflamer à son tour,
Il ne chantoit que l'amourette.
Et je lui fis chanter l'amour.

Deux Bergers & deux Bergeres forment une danse.

LA CHANTEUSE.

Qu'une femme soit naturelle,
  Et s'attache à plaire sans fard,
  Qu'une maîtresse soit fidelle,
  Cela peut être par hazard.

OCTAVE.

Qu'un petit maître qui soupire,
Et tient une belle à l'écart,
Obtienne tout ce qu'il desire,
Cela peut être par hazard.

PIERROT.

Qu'une femme dans son menage
Fasse quelque petit bâtard,
A prés deux ans de mariage,
Cela peut être par hazard.

MEZETIN.

Qu'un homme qui sçait bien écrire
Devienne opulent tôt ou tard,
Et que de la crasse il se tire,
Cela peut être par hazard.

SCARAMOUCHE.

Qu'une fille de bonne mise
Que pourchasse un jeune égrillard,
Fasse avec lui quelque sottise
Cela peut être par hazard.

ARLEQUIN.

Qu'une nouvelle Comedie
Faite suivant la reglé & l'art,
De tous ne soit pas aplaudie,
Cela peut être par hazard.

Fin du troisiéme & dernier Acte.

PRIVILEGE DU ROY.

OUIS, PAR LA GRACE de Dieu, Roi de France & de Navarre : A nos Amez & Feaux Conseillers, les gens tenans nos Cours de Parlement, Maîtres des Requêtes ordinaires de nôtre Hôtel, Grand Conseil, Prevost, Baillifs, Senechaux, leurs Lieutenans Civils, & autres Justiciers & Officiers qu'il apartiendra : SALUT. Nôtre Amé JACQUES EDOUARD Libraire à Paris, nous a fait exposer qu'il souhaiteroit faire imprimer un Livre intitulé, *Nouveau Theatre Italien*, s'il nous plaisoit lui en donner une Permission par nos Lettres sur ce necessaires, pour nôtredite Ville de Paris seulement. A ces causes voulant favorablement traiter l'Exposant, nous lui permettons & accordons par ces Presentes, de faire imprimer ledit Livre intitulé *Nouveau Theatre Italien*, par tel Imprimeur qu'il voudra choisir, en tel volume, marge & caractere & autant de fois qu'il voudra, l'espace de cinq années consecutives, à compter du jour & datte des Presentes. Faisons défenses à toutes personnes d'en introduire d'impression étrangere dans aucun lieu de nôtre obéïssance, & à tous Imprimeurs-Libraires, & autres de nôtredite ville de Paris seulement, d'imprimer ou faire im-

primer ledit Livre, à peine de mille livres d'a-
mende contre chacun des Contrevenans, apli-
cable un tiers à l'Hôtel-Dieu de Paris, un tiers
à l'Expofant, & l'autre tiers au Dénonciateur,
de confifcation des exemplaires contrefaits, &
de tous dépens, dommages & interefts, à la
charge que ces Prefentes feront regiftrées tout
au lông fur le Regiftre de la Communauté des
Imprimeurs-Libraires à Paris, & ce dans trois
mois du jour de leur datte, que l'impreffion
dudit Livre fera faite dans nôtre Roïaume, &
non ailleurs, fur de bon papier & en beaux ca-
racteres, conformement aux Reglemens de la
Librairie, & qu'avant de l'expofer en vente,
Il en fera mis deux exemplaires dans nôtre Bibliotheque publique, un dans celle de nôtre
Château du Louvre, & un dans la Bibliotheque
de nôtre trés-cher & feal Chevalier, Chance-
lier & Garde des Sceaux de France, le fieur
Phelyppeaux Comte de Pontchartrain, Com-
mandeur de nos Ordres ; le tout à peine de nul-
lité des Prefentes, du contenu defquelles,
nous vous mandons de faire joüir l'Expofant,
ou ceux qui auront droit de lui, pleinement &
paifiblement, fans fouffrir qu'il lui foit fait
aucun empêchement, nous voulons que la copie
des Prefentes qui fera imprimée au commencement ou à la fin dudit Livre, foit tenuë pour
düëment fignifiée, & qu'aux copies qui en feront collationnées par l'un de nos amez & feaux
Confeillers & Secretaires, foi y foit ajoutée
comme à l'original : Commandons au premier
nôtre Huiffier ou Sergent fur ce requis, de
faire pour l'execution des Prefentes toutes fi-
gnifications & Actes neceffaires, fans demander autre permiffion, nonobftant clameur

de haro, charte, normande & Lettres à ce contraires. CAR TEL EST NÔTRE PLAISIR Donné à Versailles le vingt-sixiéme jour de Juin l'an de grace mil sept cent douze, & de nôtre Regne le soixante & dixiéme. Par le Roi, en son Conseil. Collationné. Signé LAUTHIER.

Regiſtré ſur le Regiſtre N°. 510. de la Communauté des Imprimeurs & Libraires de Paris, page 472 N°. 494, conformement aux Reglemens, & notamment à l'Arreſt du 13 Aouſt 1703. A Paris ce huitiéme jour du mois de Juillet 1712.

Signé  L. JOSSE, *Syndic.*

Achevé d'imprimer le 10 Aouſt 1712.

On vend dans la même Boutique, *l'Ecole Galante, ou l'art d'aimer*, Comedie du même Auteur.

9 782019 239879